A E
& **I**

Todo sobre nosotras

Autores Españoles e Iberoamericanos

Mónica Lavín

Todo sobre nosotras

Diseño de portada: José Luis Maldonado López
Fotografía de portada: Getty Images / Slim Aarons
Fotografía de la autora: Blanca Charolet

© 2019, Mónica Lavín

Derechos reservados

© 2019, Editorial Planeta Mexicana, S.A. de C.V.
Bajo el sello editorial PLANETA M.R.
Avenida Presidente Masarik núm. 111, Piso 2
Colonia Polanco V Sección, Miguel Hidalgo
C.P. 11560, Ciudad de México
www.planetadelibros.com.mx

Primera edición en formato epub: octubre de 2019
ISBN: 978-607-07-6189-8

Primera edición impresa en México: octubre de 2019
ISBN: 978-607-07-6190-4

Esta obra se realizó con apoyo del Fondo Nacional para la Cultura y las Artes, a
través del Sistema Nacional de Creadores.

Impreso en los talleres de Litográfica Ingramex, S.A. de C.V.
Centeno núm. 162-1, colonia Granjas Esmeralda, Ciudad de México
Impreso y hecho en México – *Printed and made in Mexico*

Para las Cerezas

They started singin'
Bye-bye Miss American pie
Drove my Chevy to the levee
But the levee was dry
Them good ol' boys were drinkin' whiskey and rye
Singin' «This'll be the day that I die»

DON MCLEAN

…levántate muchacha
recoge tu pelo en la fotografía
descubre tu frente tu sonrisa
sonríe al lado del niño que
se te parece
oh sí lo haces como puedes
y eres idéntica a la felicidad
que jamás envejece
quédate quieta
allí en ese paraíso

BLANCA VARELA

1

Alejandra las había recogido en el aeropuerto Humberto Delgado de Lisboa, pero sin más, a pesar de que venían de un vuelo trasatlántico y de que habían trasbordado en París, las subió a la camioneta y tomaron la carretera. Habían venido a festejar el cumpleaños sesenta de su amiga y los de ellas; las tres habían nacido el mismo año y habían ido a la misma escuela desde los seis años hasta la preparatoria. Pero Carla y Nuria no habían visto a Alejandra en treinta años. Les sorprendió que fuera casi una calca de la que había sido: el pelo seguía lacio y oscuro, aunque se lo pintara y lo llevara en una melena corta, los ojos negros intensos, casi moros, pero sus formas sofisticadas de cuando conducía aquel programa de televisión habían quedado ocultas por una voluntad rural. Al fin y al cabo, mujeres de ciudad, les costaba trabajo ver a Alejandra en tenis, con muy poca pintura, aunque, eso sí, el barniz de uñas impecable la seguía distinguiendo. Sus manos en el volante lo ostentaban.

—¿El azul está de moda? —dijo Nuria, que jamás se pintaba las uñas. Era lo menos apropiado para una panadera.

—Ya no sé qué está de moda, pero lo veo en las tiendas y lo sumo a mi cajón de barnices —dijo Alejandra, con esa voz cantarina, con su risa fácil.

La recordaban en la preparatoria: con más maquillaje que ellas, con esos barnices naranjas, o rojos o rosas nacarados que se estilaban. Las uñas con forma ovalada, como de revista.

Las tres distraían la plática con nimiedades porque no sabían por dónde empezar. Carla y Nuria habían tenido oportunidad de

11

conversar algo en el avión, antes de quedarse dormidas y de quejarse de lo reducido de los asientos.

—¿No podríamos viajar en *business*? —había dicho Nuria, que era de caderas anchas, pero con menos posibilidades económicas.

—¿Y pagar el doble?

Nuria había olvidado por qué administrar era el fuerte de Carla, después de la nutrición. Por algo tenía una compañía. Si tuviera el dinero, Nuria lo habría pagado, ¿cuándo tendrían sesenta años de nuevo? ¿Cuándo vendrían a festejar con Alejandra a Portugal juntas? Claro que pensar así la había llevado a no ahorrar nada, a destinar parte de su herencia en poner la panadería en Ensenada, cuando por fin decidió que no podía vivir un día más en la Ciudad de México.

Recorrieron el campo de árboles de follaje verde seco, con la tierra más bien arenosa, o esa impresión daba, entre Lisboa y la desviación hacia Évora, donde Alejandra prometió llevarlas de regreso para ver las ruinas romanas, esas columnas del templo de Diana en medio de callejas medievales.

—Para quienes me visitan es parada obligada. Pero será después.

—¿Y no te hartas de hacer paseos turísticos con los que venimos? —preguntó Carla.

—Ustedes no habían venido en los treinta y un años que llevo aquí. Vivo muy lejos y las visitas no son frecuentes.

Ir a Évora era un placer para Alejandra, era una conexión con el asombro original de cuando llegó, recién casada con Esteban, y se comió el paisaje, la historia, el acento, el bacalao, las cerezas del verano, con los ojos, con el cuerpo, con una alegría chispeante. Estaba entonces en la cresta del descubrimiento y en la euforia amorosa; no había ponderado lo que significaban la distancia, el desarraigo, que sus padres murieran en México y que ella llegara tarde a despedirse.

La fricción de las llantas contra el asfalto siseó adentro de la camioneta, donde las ventanas abiertas ventilaban el fin del verano. Entonces hizo algo abrupto, se orilló en la cuneta, oteó a ambos lados de la carretera y tomó el carril de regreso. Sus amigas no comprendieron.

—¿Te equivocaste?

—Volar trece horas, traer otro horario, por lo menos merece una parada para comer y tomar algo. Vamos a Évora.

Nuria y Carla agradecieron sentarse en las mesas al aire libre frente al templo de Diana, en medio de la convergencia de varias calles empedradas, estirar las piernas y tomar una cerveza con aceitunas para empezar a sentir el aire del Mediterráneo de su travesía. La ruta las llevaba al este, hacia la frontera con España. El mar les quedaba a la espalda y al sur, y la sensación de estar en un país desconocido las excitaba.

—¿No están cansadas? —preguntó Alejandra.

—A mí solo me cansa el que no pase nada, el agua quieta —dijo Carla con la espuma de la cerveza en los labios—. Esto es vida. Además, la cerveza es muy sana. —Se rio.

Siempre había sido una pesada con los asuntos de los nutrimentos, pero había bajado la guardia. Era una fortuna que no hubiera tenido hijos, los habría atosigado con el discurso del balance de proteínas y grasas de las buenas, y carbohidratos de los malos y calorías vacías. Aunque sus clientas agradecían sus consejos para estar más sanas, para aceitar el deterioro, para impedir la gordura, pero sin abandonar el placer de comer.

—Ya vas a empezar. —Se burló Nuria.

—Yo quiero todos tus consejos para presumir en el hotel. Está de moda eso de la conciencia de nutrirse bien y la dieta portuguesa es buena para eso. —Pidió Alejandra mientras compartían un plato de embutidos y una ensalada fresca.

—Tengo consejos de todo tipo —añadió Carla con picardía—. Aunque les confieso que ya me harté de ser la flaca que soy. Eso de querer ser ejemplo viviente de mi compañía es catastrófico. En este viaje pienso comer todo lo que se me atraviese.

—Ya era hora —añadió Nuria, que era robusta, generosa de carnes y espíritu, y que movía su cuerpo sin que sus senos y caderas prominentes fueran un obstáculo.

Carla casi no había visitado a Nuria desde que se fue a Ensenada, hacía un lustro, y no soltaba el cuerpo, como si al hacerlo pudiera irse por el camino torcido. Tal vez le pesaba ser hija de médicos; su padre, un endocrinólogo.

—Esteban es un gran cocinero. —Presumió Alejandra—. No podrás rehusarte a ningún platillo.

—Ese debe ser uno de sus encantos.

Alejandra sonrió con cuidado, sin la espontaneidad que le conocían. De las tres era la única que permanecía casada, la única que había conservado la pareja con la que decidió hacer una vida.

Dejaron que lo que Alejandra les platicó sobre aquel templo —que era del siglo I antes de Cristo y que en algún momento había sido carnicería, lo cual ayudó a que se conservara en pie— fuera acomodando sus cuerpos al nuevo paisaje y a la alegría fortuita de compartirlo. Alejandra les dijo que lo más impresionante era la Capilla de los huesos dentro de la iglesia de San Francisco, hecha con la osamenta de los monjes, apilados uno sobre otro, macabra y poderosa, pero pensó que lo dejarían para otro día, si acaso.

Habían sido tan amigas en secundaria y preparatoria. Habían celebrado la primera boda de las amigas, la de Carla, cuando ella aún no terminaba la licenciatura, con Joaquín, su novio de tantos años, de quien no se había vuelto a hablar. Todas habían puesto su amistad por encima de cualquier otro argumento. No eran tres, eran cuatro. Renata había sido más amiga de Alejandra; Nuria y Carla, las más cercanas. Las cuatro inseparables en aquellos años.

Tal vez por eso no se habían reunido en treinta años. Pues, aunque Alejandra había hecho viajes a México para visitar a su familia, no las había buscado ni ellas habían preguntado cuándo iría. Las mexicanas habían perdido todo contacto con la que vivía en Portugal, hasta que ella les propuso celebrar su cumpleaños sesenta en el Alentejo. Alejandra y Renata cumplían años el mismo día, en una fecha innombrable: 19 de septiembre.

Volvieron al auto, achispadas y con deseos de conocer el paraíso que Alejandra les había prometido: aquella quinta donde crecían olivos y vides, y donde acababan de estrenar un hotel rural, con apenas cuatro habitaciones y un comedor. Ocultó el nombre del hotel hasta que, después de un cabrioleo por una carretera delgada entre cultivos, les señaló el letrero: Quinta Renata.

Habían llegado.

2

Alejandra le asignó un cuarto a cada una, pero les advirtió que durante el fin de semana tendrían que compartir habitación.

—Como en los viejos tiempos —dijeron.

—Me vengo con ustedes. —Se rio divertida.

Le hubiera encantado revivir las noches en que estudiaban e ideaban estrategias para no quedarse dormidas.

—Lo malo es que el vino me arrulla —dijo Nuria— y en lugar de platicar seguro me quedo dormida pronto. Y no quiero beber Coca-Cola.

—Yo, sí —agregó Carla—, toda la que he dejado de beber durante años.

—Esteban la tiene prohibida hasta para el hotel —enfatizó Alejandra.

Desde sus cuartos verían los viñedos dorarse bajo el sol del verano al caer la tarde, les advirtió Alejandra. Estuvieron de acuerdo en que la vista les daba paz.

—Aunque también da desasosiego —dijo Carla.

En realidad, a ella le encantaba vivir en uno de esos edificios altos del poniente, desde donde la ciudad se veía lejana, como una colcha de luces que advertía que el bullicio no paraba. Cuando visitaba a Nuria en la casa del acantilado, sentía la angustia del infinito mar. Esperaba poder dormir, el insomnio podía atacarla y qué haría sin televisión, sin horario y con tanto verdor. La boca se le secó, pero no dijo nada. Las estaban consintiendo.

Alejandra las apresuró, pues sabía que Esteban estaría ansioso por recibirlas. Quedaron en instalarse con más calma después.

—Igual me paso desde hoy a tu cuarto —le dijo Carla a Nuria por lo bajo, temiendo el vértigo del espacio abierto.

Caminaban de nuevo hacia el auto para llegar a la casa principal, una vieja construcción de adobe que les tomó tiempo remodelar, como explicó Alejandra.

—Claro que sí, mi reina, pero ronco. —Se rio Nuria.

—Yo también —dijo Alejandra, que las había oído—. Eso dice Esteban. Qué vergüenza.

—Vergüenza con un amante, con el marido no creo —siguió Nuria—. Aunque yo soy la que soy a esta edad. Si alguien quiere dormir conmigo, que se lleve las caricias con el paquete completo, yo haré lo mismo.

—A menos que te metas con un chiquillo. —La molestó Carla—. Esa es tu especialidad.

Alejandra estacionó el coche bajo el tejabán que lo protegía del sol durante el día y bromeó para decir que bastaba de indiscreciones. Se sentía fuera de la complicidad que la continuidad de la amistad supone. La había dejado de entrenar, pero en esos días se pondría al tanto y apoyaría, como un armario que se ha desvencijado, otra parte de su propia vida en ellas. Notaba que su sonrisa no era franca ni suave: estaba tensa. Su único otro en aquel mundo era Esteban. ¿Pero con quién podía hablar de Esteban? De su manera tan disimulada de quererla sin palabras. Había comprendido que los portugueses no externaban, que eran melancólicos también y que cuando algún compatriota aparecía en su camino, poco a poco salía ese sedimento de alegría y desparpajo, ese batir de trópico que llevaba dentro. Sus amigas la estaban haciendo mirar hacia ello, hacia su sol escondido. Y apenas acababan de llegar.

Entraron por un pasillo que bordeaba las recámaras hasta el pequeño comedor, protegido por muros gruesos y pequeñas ventanas. En comparación con el relumbrón de afuera, el interior de la casa era oscuro y un tanto triste. Alejandra comprendió sus miradas. Ellas eran las primeras que venían desde México a la Quinta Renata.

—La casa es fresca en el verano y por eso no hay ventanales como nos gusta en México: se calentaría demasiado.

—Pero, hay luz en la terraza. —Las recibió Esteban con ese rostro bien parecido. Un hombre esbelto, de pelo veteado de canas, cara angulosa y maneras muy suaves. No lo habían visto desde su lejana visita a México, cuando lo conocieron.

Nuria y Carla lo saludaron con un doble beso, mientras Alejandra y él intercambiaban algunas frases en portugués, la palabra Évora, que reconocieron, parecía tener que ver con la explicación de la tardanza.

Siguieron a Esteban a la terraza donde una mesa con bancas los esperaba, bajo el emparrado adosado al muro de la sala.

—Es la mejor hora —dijo Esteban, orgulloso del momento en el que el sol ya no molestaba, pero aún iluminaba algunas de las cactáceas y árboles frutales del jardín que mediaba entre la terraza y el resto del campo.

Aflojaron el cuerpo cuando las hizo sentarse con la espalda hacia el muro para contemplar la vista de la campiña enrojecida y, al fondo, el pequeño hotel que estrenaban. Enseguida les sirvió un blanco de Vidigueira, que presumió como el vino de la región. Tan fresco que las mujeres sintieron el frío que llegaba a sus manos.

—Brindo por mi mujer y sus lindas amigas que han venido hasta acá con ella —dijo Esteban mientras miraba a Alejandra.

—Por recibirnos —dijo Nuria, todavía solemne.

—Por este vino. —Carla bebió un trago que le dio la certeza de que estaba en otro continente, en otro país, en el campo y con sus amigas queridas.

Alejandra todavía no se destensaba. Era como si no pudiera acomodar el pasado lejano en la intimidad de su casa, porque ver a las dos era recalcar la ausencia de Renata. Respiró hondo, aún no les daba la noticia.

Esteban explicó que esos vinos eran de la cooperativa de Vidigueira donde ellos llevaban sus uvas en la cosecha. El blanco era de la uva Antão Vaz. Ya irían a visitar para que vieran la producción. Nuria, que había tomado cursos en su nueva locación, donde los vinos del Valle de Guadalupe estaban floreciendo con imaginación y calidad, cerró los ojos y calificó:

—Cítrico, lavanda, acidez media.

Alejandra la desconoció.

—Te vamos a contratar para los *tours* del vino.

—Acepto si me pagan con vino.

—Aquí eso no faltará.

Y Esteban lo cumplió con creces esa noche, donde al Vidigueira siguió el Vila dos Gamas. Y el cierre fue con el tinto Quinta Renata.

Nuria y Carla cruzaron miradas, sorprendidas por la presencia de su amiga en la casa, en el vino. Pero ni una palabra de ella salpicó la conversación.

—Este sí es nuestro. Lo preparamos con el método romano. Por eso podemos personalizarlo.

—¿Método romano? —Nuria quería saberlo todo.

—Poco a poco, mañana lo verán.

Después del postre y del espumoso, cuando ya empezaban a recordar sus programas de televisión favoritos, *Orfeón a gogó*, *Patty Duke* y *El fugitivo*, y la fiesta en que Carla había llevado un vestido igual a la del cumpleaños, y al profesor Castro que les veía las piernas, Esteban prudentemente decidió retirarse.

La noche se había instalado en todo su esplendor y debían ver las estrellas, les dijo Esteban antes de servirles la última copa y desaparecer en el interior de la casa.

—Es estupendo —dijo Nuria.

—¿El vino? —preguntó Alejandra, conociendo la respuesta.

—Y tu marido.

—Y guapo —añadió Carla—. Ya habíamos dicho que eran una pareja hermosa cuando lo conocimos, pero sigue siendo un hombre atractivo.

—Uno sabe elegir. —Bromeó Alejandra, que recibía bien la mirada renovada sobre el hombre de todos sus días.

—Es cierto, yo he visto fotos de Joaquín y no ha envejecido mal —dijo Carla.

—Pues no aplica para todos. Leonel es un sapo gordo. —Se rio Nuria, recordando también a su exmarido—, pero nuestros hijos son guapos.

—Hoy no es día de enseñar fotos —protestó Carla. Estaba harta de ver las de Milena embarazada y las de Darío en el pico de una montaña; el vuelo de doce horas dio para largo.

Pero antes de salir a la parte trasera de la casa a ver las estrellas, mientras detenían la puerta de malla, Alejandra rebanó el aire con el tono ansioso de su voz:

—Chicas, les tengo una sorpresa.

Se escuchó el barrido tenue de la brisa sobre las hojas en el compás del silencio entre aquella advertencia y lo que siguió.

—A mi cumpleaños también viene Inés, la hija de Renata.

3

Quizás el vino que llevaban en el cuerpo no les permitió responder bajo la negrura salpicada de luceros. Nuria respiró como si quisiera meterse toda esa luz en el cuerpo. ¿Una hija? Ella no tenía idea de que Renata hubiera tenido una hija. Patricio tampoco se lo contó. La cabeza le daba vueltas, demasiado vino y ahora un golpe de lo impensable. Carla pensó que era una broma, un desatino de su amiga por verlas ahí y evocar el pasado.

Ambas hicieron lo que Alejandra sugirió.

—Túmbense sobre el borde.

Un poyete de piedra remataba ese patio trasero. Era suficientemente ancho y plano para que pudieran acostarse sobre él. Si acaso llegaran a rodar hacia un costado, caerían al jardín donde empezaba el sembradío de naranjos que se adivinaban por el intenso olor a azahar.

Carla se acostó con la cabeza rozando la de Nuria: encontradas. Notó que su amiga desprendía un calor brutal; sería que la noticia había puesto a hervir sus pensamientos o la emoción del reencuentro luego de treinta años. Así, rozando las coronillas, acabarían por emitir chispas, por encender la fogata de la memoria desconcertada. Su amiga se defendería del incendio con la blusa suelta y vaporosa que llevaba. Le gustaba lo étnico de cualquier parte del mundo y lo portaba con estilo. En cambio, cuando ella usaba un huipil parecía una cabeza con un trapo, una escoba al revés. Se necesitaba un armazón particular para lucir los batones. Qué cosas se ponía a pensar, sería para distraer aquella noticia inconcebible.

Cuando Alejandra propuso ese viaje celebratorio, Nuria había respondido con un entusiasmo inmediato, ella en cambio dijo que tenía que ver si le era posible por cuestiones de trabajo. Nuria la llamó: ¿acaso no era la dueña, la jefa, como para tomarse ciertas libertades a su edad?; además, se lo merecían y quién sabe si se podría dar de nuevo. Ella misma estaría viajando muy cerca de la fecha del parto de su hija. Las cosas pasaban irremediables.

Nuria no sabía que invocando lo *irremediable* traía a colación justamente lo que Carla hubiera querido evitar: a Renata. Pero a pesar de la sombra que atemorizaba a su amiga, se dejó convencer de cerrar sin mayor problema un par de días la panadería en Ensenada. Luego pensó en el cuento de Maupassant, donde la casa de citas del pueblo cierra por un día, ella podría hacer lo mismo, igual y le pasaban cosas extraordinarias como a las chicas de ese cuento.

La cabeza de Carla rodaba por meandros mientras miraba el cielo sin mirarlo, porque le importaba un comino. Tenía muchas preguntas. Nuria fingía interés en lo que Alejandra pretendía imponerles para distraerlas, claro, como Alejandra ya había tenido tiempo de digerir esa llamada intrusa en un momento tan preparado para las tres, ahora no decía más y las condenaba al azoro que ella sintió cuando recibió la llamada y tuvo que callarla. Casi era cruel haberla ocultado.

—¿Hace cuánto te llamó?, ¿cómo dices que se llama? —Nuria disimuló su desconcierto.

—Inés… dos semanas. No podía darles esa noticia por correo.

—La hubiéramos visto en México nosotras y ya, sin añadirla al viaje.

Un silencio pastoso se instaló bajo el cielo estrellado que aún no les decía nada a las recién llegadas.

Alejandra les narró la llamada que recibió en su jardín de Lisboa, cuando quitaba las hojas secas de aquel matorral de azaleas. El celular vibró en la bolsa del pantalón. No le gustaba el sonido de su llamado, en realidad, el silencio acompañaba todos sus días con tanto empeño que el chillido de puertas, las aspas de la batidora o el timbre de la puerta la sobresaltaban. El número era desconocido. «¿Alejandra Duprat?».

La voz le pareció familiar, rasposa y joven, y pensó que se estaba volviendo loca porque le recordó la de Renata. Entonces la chica soltó que era Inés, hija de Renata, y que gracias a una foto en redes sociales dio con quien le había dado su número telefónico. Esa persona le había dicho que Alejandra era la mejor amiga de su madre. Necesitaba verla. «No sé nada de mi madre».

—Me ha costado mucho mascullar a solas la noticia, mientras ustedes llegaban; quería soltarla en el aeropuerto cuando las abrazaba, pero ¿cómo iba a decirles: «Bienvenidas a mi vida, Renata tenía una hija que también viene para mi cumpleaños»?

Volvieron la mirada al cielo, como si fuera un mudo oráculo. Las constelaciones eran un tapete vivo que ninguna podía descifrar, ¿una hija de su amiga muerta? Alejandra habló de un programa que podían bajar para enfocar el cielo, le pediría a Esteban su tableta para que lo usaran. Allí está Casiopea, señaló un cúmulo desde el pedazo de barda donde estaba acostada, pero nadie podía verlo con esa simple indicación. Dio las coordenadas: «Junto a esas dos muy brillantes, hacia abajo, del lado derecho de una estrella rojiza». Sus amigas dijeron que sí, por no sentirse inútiles navegadoras del cielo, por quitarse la desazón, la insistencia del pasado y la sensación de que aquel viaje no solo era una reunión para festejar un cumpleaños.

Alejandra quería desviar el malestar por lo que acababa de revelarles, contando asuntos celestes.

—A Casiopea se le había ocurrido decir que ella y su hija Andrómeda eran más bellas que las nereidas, y ya saben, las envidias femeninas también se daban entre diosas que, furiosas, alertaron a Poseidón para que mandara tormentas al mar a través de Cetus. La única manera de apaciguar a las ofendidas, lo supieron Casiopea y su marido después de consultar al oráculo, era sacrificando a su hija Andrómeda. Cuando Perseo vio a la joven atada a las rocas a la orilla del mar, se fascinó, derrotó a Cetus y se casó con la bella Andrómeda. El castigo ocurrió después, cuando Poseidón mandó a Casiopea al cielo, pero sentada en un trono que la obligaba a ver solo en una dirección. Así es como saben los marinos dónde está el norte: hacia donde apunta la constelación de Casiopea está la estrella polar. Es como una M con la pata larga.

Nuria por fin reconoció aquel cúmulo de estrellas y gritó emocionada.

—Allí está.

—Y los puntitos aglomerados al lado son Andrómeda —dijo Alejandra—. La madre y la hija muy cerca.

Carla seguía haciendo esfuerzos por descifrar las relaciones familiares en el cielo:

—Yo creo que todo se lo están imaginando. Renata no tenía hijos. —Volvió al tema y retó a Alejandra a que aclarara algo.

—Cuando llamó, pregunté poco —les explicó Alejandra.

—Pero ¿cuándo nació, si vimos a Renata una semana antes del temblor? —agregó Nuria incrédula, sentada ya sobre el poyete y más atenta a esas respuestas que al desastre familiar en el cielo constelado.

—Inés nació en el 85.

—¿Y sabe que le pusiste Renata a la quinta? —Carla salía del azoro asaltada por el presagio de un malestar.

—No sabe muchas cosas.

No estaba la noche para sembrarle una conversación sobre cómo, cuándo, quién. Tampoco la resistencia de las viajeras para durar mucho más. Un leve ronquido delató a Nuria, quien empezaba a quedarse dormida. Alejandra dijo que las llevaría en el coche. Pero Carla pensó que era absurdo, estaban a cincuenta metros. Bajarían al hotel con la noche estrellada sobre sus cabezas. También necesitaba ventilar esa sensación que se parecía a la condena de Casiopea, que miraba siempre al norte. En todos esos años no habían vuelto a hablar de Renata. Y el tema era ahora inevitable: un punto cardinal.

4

Alejandra las quería sorprender con el bufet del desayuno, en aquel comedor pequeño arriba de los cuartos del hotel. Ese día eran las únicas huéspedes. Para llevar tres meses desde la inauguración, aquel verano no había estado mal. Se corría la voz, reservaban en redes y las opiniones contaban mucho. Un huésped había escrito en inglés un mensaje que decía que la dueña era una mujer muy guapa: «Te sirve café y melón verde cada mañana, y te da un *tour* por el lugar. Sus ojos son parte de la vista». Le había parecido muy gracioso ese atrevimiento. Lo había escrito un austriaco que le contó que buscaba locaciones, pues era productor de cine. Le extendió una tarjeta para confirmar su estrategia, luego le dijo que ahora las películas también se hacían con actores que no eran actores, que él conocía el argumento de la película y que ella podría ser un personaje. Alejandra se había reído como si aquello fuera una broma.

—Lo digo en serio —insistió él—. La película es sobre un joven que se enamora de una mujer mayor.

—Yo estoy a punto de cumplir sesenta.

—Yo cuarenta —dijo el austriaco.

Entonces Alejandra se dio cuenta de por dónde iba y se levantó de la mesa arguyendo que tenía cosas que hacer. Pero él volvió a la carga:

—En serio, nunca había visto unos ojos tan negros y brillantes que no se pudieran dejar de ver.

Ella sonrió condescendiente, le halagaba el piropo y la manera ingeniosa de externarlo, haciéndola sentir que podía ser parte de una película. Actuar, como siempre quiso. Se había imaginado el papel de ama de casa sorprendida por un viajero, como Sophia Loren en *Un día muy particular*. Esa inocencia y llaneza que cautivó a Mastroianni. Amaba esa película.

«Desde luego que no», dijeron sus padres cuando hizo el examen para la escuela de teatro. Renata y ella habían ido juntas, ya en la prepa eran las primeras que se apuntaban para las representaciones. «Está bien para esa muchachita», había dicho su madre. «Vive en el teatro, su padre es actor, su madre, rusa. Pero no es un mundo para ti, Alejandra». Se había encerrado en su cuarto, tenía edad suficiente para elegir amigos y camino, y no había salido a cenar. Lo que le ofendía era que dijeran que Renata era una mala influencia, cuando era fantástica. Conocía lugares de la ciudad que ciertamente sus padres no y ella mucho menos. Cenaban en el Cardini en los cumpleaños de Renata e iban a museos los domingos. Luego, si su padre no estaba en función, siempre había reunión en su casa y cantaban las canciones de Óscar Chávez y de Amparo Ochoa.

Renata la llevó a oír a Three Souls in My Mind, porque tenía amigos que los conocían. No les contó a sus padres, solo dijo que se quedaba a dormir con Renata. Lo cual era verdad. Cuando su madre la recogió el domingo temprano, pues se tenía que arreglar para desayunar con los abuelos, supo que aún no habían llegado. «Después del concierto seguramente hubo fiesta», dijo el papá de Renata, y la pasó a la casa sin disculpar el desorden de libros en las mesas, en las paredes. Cuando Alejandra descubrió a su madre platicando con el padre de Renata, le sorprendió que estuviera tan entretenida, pero a partir de allí se acabaron los permisos para dormir con su amiga. Su padre había encontrado la solución, que mejor fuera Renata la que se quedara en casa. Y la madre no tuvo más remedio que acceder. A Alejandra le pareció extraordinario que días más tarde le dijera que cuando el padre de Renata estuviera en alguna obra, le gustaría ir. Y cuando lo hizo y fueron, insistió en esperar en el *foyer* para felicitarlo. «Esos ojos han valido la pena esta función», dijo histriónico y ruborizando a su madre, que era quien le había heredado los ojos moros. Era un buen actor y en aquel tiempo Alejandra lo podía apreciar; después ya no, aunque ocultó a su madre las razones, y encontró pretextos para no volver al teatro si él se presentaba.

—Huele rico —dijo Nuria ante el aroma del café que se encerraba en el desayunador.

Alejandra le sirvió y le acercó la jarrita de la leche caliente.

—Dormí como una esponja.

La risotada de Alejandra acabó por despertar a Nuria.

—Nunca había oído eso.

—Ya sabes, no se mueven.

—¿Y a la nutrióloga se le pegaron las sábanas?

—Dijo que iba a hacer sus ejercicios. Pone a Jane Fonda y hace su rutina para «maduritas».

—Yo debería también —dijo Alejandra, tocándose la cintura engrosada.

—Pero si todo el día trajinas en este lugar. Y además ya no tienes que cuidarte como cuando salías en la tele.

Había tocado un punto sensible y Alejandra pensó en remontarlo:

—Pero atiendo a los clientes.

—No me hagas caso, hay que verse bien. Tienes un esposo guapísimo y encantador.

—No todo lo que brilla es oro —dijo Alejandra casi musitando.

Carla irrumpió con las mejillas arreboladas por el ejercicio.

—Luego me baño, sin café no doy una.

Nuria alabó el panorama desde las ventanas altas que permitían ver la casa grande por un lado y la campiña por el otro. Los muebles que adornaban el lugar habían sido de la familia de Esteban, explicó Alejandra, eran rústicos y antiguos, y le daban un sabor especial.

—Hoy sí es día de fotos. —Nuria miró a Carla—. Tienes que ver a mis chicos.

Carla hizo un gesto con los ojos, como diciendo que se ponía insoportable, pero era broma.

—Milena embarazada es una belleza —reforzó.

—Vamos a ser abuelas —exclamó Alejandra con ese plural compartido—. Solo conocí a tus hijos de pequeños, ¿recuerdas?

—Y por eso tengo que tomar el avión despuesito de tu fiesta, nace para el 28 de septiembre, eso dijeron los doctores. No me quiero arriesgar y no estar con mi chiquita.

—¿La extrañas ahora que vives en Ensenada?

—Me gustaría que fuera a ayudarme en la panadería, supongo que eso te responde.

—¿Y el marido?

—No hay marido. El padre es un amigo de ella, un voluntario que no se va a encargar.

—Es madre soltera, querida Alejandra, eso ya no es un accidente como en nuestros tiempos, es la decisión de algunas chicas —añadió Carla.

—Es lo que debí hacer —dijo Alejandra asombrada por la elección de Milena. Y rellenó sus tazas de café.

—Yo creí que no habías querido tener hijos —dijo Carla, añadiendo leche a su taza para luego tomar una rebanada de pan.

—Esteban ya tenía dos de un matrimonio que duró cinco años.

—¿Y? —protestó Nuria, reconociendo la añoranza de su amiga.

—Él alegó que no tenía dinero suficiente, que no podría sostener un tercero. Acepté.

Alejandra vertió el resto del café en su taza y miró el reloj.

—Esteban estará esperando en las bodegas de vino.

—¿Y sus hijos?

—Mario y Ricardo, esa es otra historia. Carla, báñate mientras yo miro a mis sobrinos.

Nuria se dio vuelo con la galería fotográfica.

—Ya sé, pura melcocha. Imagínate cuando nazca mi nieta.

—¿Inés? ¿Alguna vez te dijo Renata que le gustaba ese nombre? —le preguntó Alejandra volviendo a sus recuerdos—. Renata es un bonito nombre —pensó en voz alta y dejó la vista vagar a lo lejos.

5

Mientras caminaban bordeando la casa, entre los naranjos y los olivos que a la luz del día no parecían espectrales como la noche anterior, sino amables y casi risueños, Alejandra les explicó que algunas de las uvas que usaban para la producción propia eran de sus viñedos: la trincadeira, la alicante *bouschet* y la aragonés. De otros productores compraban la syrah. Esteban había contratado un enólogo que probó las distintas mezclas hasta encontrar la que más les había gustado a ellos y esa mezcla se usó para etiquetar su vino de talla, Quinta Renata.

Nuria y Carla se miraron, como si la palabra *Renata* estuviera en todo lo que rodeaba a Alejandra. Ellas tal vez habían sobrellevado el duelo, pero su amiga, con la distancia, había agrandado su memoria. Treinta años eran demasiado pocos y suficientes para dejar una clara huella.

—¿Qué es el vino de talla? —preguntó Nuria, que viviendo ahora en tierra de vinos quería saber todo.

En la bodega de la quinta, de techos muy altos, las recibió una grata frescura. Era una construcción reciente, con dos pequeñas naves, pensada para la producción de su propio vino. Lo que saltaba a la vista en la superficie casi desnuda de la primera mitad eran dos enormes ánforas de barro, un poco más altas que una persona.

—Estas son las tallas —explicó Alejandra—. Son de origen romano y sirven para hacer vino como en la antigüedad, sin necesidad de pisar la uva. La palabra portuguesa es *talha*.

—Yo creí que lo antiguo era pisar las uvas.

—Pensé que conocías todos los procesos de transformación de los alimentos. —Molestó Nuria a Carla.

Solían molestarse así, sabiendo que una era todo empacado, garantizado, con los ingredientes exhibidos, los porcentajes nutricionales y las fechas de caducidad, y la otra un tanto salvaje, dispuesta a beber el agua de la llave de cualquier sitio, como también las conversaciones y los amores, indiscriminadamente.

Alejandra iba a seguir presumiendo a sus amigas lo que sabía, pero Esteban, que ya las esperaba como jefe de *tour*, amplió la explicación. Las hizo subir al banco contiguo a cada una de las ánforas y dar vueltas a la enorme pala de madera que sobresalía de las bocas.

—Es la fermentación, hay que menearlo muchas veces al día. Moverlo le da aroma y color al vino.

—Pues cansa —protestó Carla, que daba vueltas con fuerza a esa gran pala.

—Una amazona del vino. —Esteban sonrió, y Alejandra tomó la foto.

—Otra —protestó Carla, que había soltado el mango de la paleta.

—Y luego de una semana, cuando acaban de fermentar, las uvas se depositan en el fondo y sirven de filtro a la hora que abrimos esta llavecita. —Esteban señaló la saliente de madera en la parte baja del ánfora—. Y dejamos correr el vino. Es una práctica de hace dos mil años que se conservó en la región, en las casas y en las tabernas, para consumo personal. Tenemos la denominación de origen del vino de talla del Alentejo.

—Pero los romanos no hacían eso —dijo Carla señalando el tanque de acero visible en el espacio contiguo.

—A veces usamos el beneficio de la tecnología para clarificar y controlar el punto de alcohol. De los romanos tomamos un modo de elaboración distinto y luego la modernidad nos ayuda a dar velocidad, transparencia y precisión. Miren. —Esteban le enseñó a Carla el alcohómetro que indicaba los grados de alcohol.

—Yo también tengo un medidor de densidad y pureza para los aceites —compartió Carla emocionada. Esa modernidad le gustaba, le recordaba la fábrica de aceite de coco comestible y la de olivo extrafino que comandaba, como una defensora de todas las virtudes del omega 3.

Esteban siguió ampliando el tema, mientras Alejandra y Nuria se acercaban a la mesa donde ocurría el embotellado y la colocación del corcho que ya no podía ser de alcornoque, les dijo Alejandra, porque estaba en extinción, aunque hubieran visto esos árboles por todos lados en el camino. Y luego les presumió la etiquetadora. Ella había diseñado el logo donde aparecía un dibujo de la parte del tejabán de la casa, las letras Quinta Renata, en verde, y un ánfora que permitía reconocer que era vino de talla.

—¿Es el que hemos estado bebiendo? —preguntó Carla, que ya se acercaba a la mesa etiquetadora.

—Aún no —dijo Esteban y señaló una barrica—. Allí está la reserva para el festejo. Sabrá mejor que este. —Y del tanque de acero tomó una muestra de la que bebieron todos.

Nuria cerró los ojos para que el paladar fuera el juez, pues Esteban insistía en que aún estaba turbio. Carla lo sintió ácido, pero no dijo nada.

—Es joven aún —lo disculpó Esteban.

—Pero me recuerda algo a las cerezas —aventuró Carla.

—Y tabaco —dijo Esteban—. Eres buena para percibir.

—Es medio borracha. —Se rio Alejandra—. Esto es lo que hacemos aquí en Quinta Renata, y con el hotel y esta producción, pensamos poder vivir y dejar las consultorías que da Esteban para campañas políticas.

—Hasta en las consultorías y en las comidas que tienen que hacer los políticos, el vino hace que todo fluya con más cordialidad y sensatez. —Esteban se tomaba muy en serio su papel.

—Esa es una buena campaña —dijo Carla, que siempre se había quebrado la cabeza con sus publicistas para definir las peculiaridades de un producto. Lo que lo hacía único.

—El vino siempre es como las personas. Tal vez este, como los perros, también se parezca a sus dueños. Cordiales y sensatos —siguió Esteban, entusiasmado con su ocupación reciente.

—Yo no soy nada sensata. —Se defendió Alejandra—. Dejé un país.

Algo en la mirada de Esteban indicaba que revivía un viejo tema.

—Pero el país vino a ti —dijo señalando a las amigas.

Nuria tarareó un «Cielito lindo» y trató de quitarle el paño a las palabras de su amiga. Esteban era muy amable con ellas, pero Alejandra era la amiga que no habían visto más que escasas veces en sus visitas a México. Nuria, de alguna manera, por los cinco años que llevaba lejos de la capital, había experimentado lo que significa que nadie te conozca, que no haya referencias ni referentes tuyos en el lugar donde vives, pero Carla no sabía lo que era dejar el lugar de origen y tener que pertenecer a otro lado.

Alejandra insistió.

—Me alegro, porque a tu país, Esteban, es muy difícil pertenecer.

Salieron mientras Esteban se quedaba a esperar al muchacho que les ayudaba, pues era necesario darle algunas instrucciones. Nuria y Carla habían respirado la tirantez, el reclamo. Nuria dijo que podrían introducir los vinos en Ensenada, que ella podría ser la distribuidora, venderlos en su panadería, que era *gourmet* y no cualquier cosa.

—La tienes que ver, Alejandra. Pan de aceituna, de chipotle, de jitomate deshidratado, de anchoa. Me divierto mucho.

Carla se sumó a la moción mientras tomaban la vereda hacia la casa:

—Me parece genial. Quinta Renata, directo del Alentejo, vino de talla.

Alejandra no respondía, caminaba de prisa, como ahogando las palabras anteriores, pues sus amigas mexicanas la estaban haciendo decir cosas que no debía. Hacía tanto que no pensaba en México. O pensaba, pero no sentía esa comezón de piel fuera de lugar, esa puesta en palabras.

—¿Pueden callarse un rato? —Explotó. Le estaba doliendo el recuerdo de su país.

Cuando entraron a la casa, les sirvió agua muy fresca con hojas de menta y se desplomó en los sillones.

—¿Ya se acabó la mañana? —Se atrevió Carla, presagiando la densidad del aburrimiento—. Traigo un libro de los que propusimos leer en el club.

—Ya dejen de leer *Cincuenta sombras de Grey*. —Se rio Nuria—. Lean autores mexicanos.

—¿Qué crees que estamos haciendo, sabelotodo? A que no has oído hablar de Rosa Beltrán, *Amores que matan*. Los cuentos son buenísimos, con un humor cáustico.

Alejandra había cerrado los ojos, aunque la piel era tersa, las arrugas finas que los bordeaban recordaban que el tiempo había pasado. Nuria miró a Carla. Y a señas le indicó que debían callarse, ya se los había pedido.

—Voy por mi libro —dijo Carla para escabullirse.

—Vamos.

Pero Alejandra estiró la mano y tomó el brazo de Carla.

—Sigan hablando, necesito escucharlas.

La voz se le había cortado y le escurrían unas lágrimas quedas por el rostro.

Nuria se sentó frente a ella para escucharla.

—Yo me acuerdo del atuendo que me regalaron mis padres un cumpleaños. Era de la boutique Avant Garde. Faldita turquesa y pantiblusa con cuello ruso sin mangas, de rayas rosas y turquesa. —Alejandra sonrió, entornando los ojos.

—Me acuerdo perfecto, teníamos trece años. Me diste una envidia —agregó Nuria.

—Y las medias de red. Yo abría mis cajones y allí estaban de todos colores: amarillas, naranjas, rosas. —Se emocionó Carla.

—Pura sicodelia. Un novio me regaló unos lentes de sol que cambiaban de color.

—Yo tenía una correa de reloj verde chillón —dijo Alejandra.

—Uno debería tomarles fotos a los clósets cada cinco años o cada década siquiera. No, eso es mucho. Es una manera de verse —propuso Carla.

—Eso es porque a ti te gusta mucho la ropa —protestó Nuria.

—No, es porque la ropa cuenta una época, unas actividades. Yo no olvido las botas con agujetas que usé cuando entré a la universidad. Eran de París. Baratas pero irrepetibles. Y con las faldas largas de cocoles me sentía parte de alguna película.

—Renata me robaba ropa del clóset. —Alejandra las sorprendió.

—¿Quieres decir que se la prestabas? —precisó Nuria.

—No, cuando se quedaba en mi casa, como era instrucción de mis padres, yo no me daba cuenta, pero algo se llevaba.

—¿Cómo te diste cuenta si usábamos uniforme?

—Ella tenía una vida afuera, con todos esos hijos de los actores, amigos de sus padres, con los que convivía. Y sus padres no le compraban casi nada de ropa. Lo descubrí porque un día me la topé en los tacos de La Lechuza. ¿Se acuerdan?

—Todavía están en la misma calle —dijo Nuria.

—Traía mi chamarra de piel roja. Mis padres me la habían traído de Buenos Aires.

Nuria y Carla no la querían interrumpir.

—¿Qué hiciste?

—Más bien qué hizo ella. La saludé, me presentó con su grupo de amigos. Yo iba con Arturo, aquel novio fugaz de la prepa. Y él fue el que comentó: «Tan amigas que tienen la misma chamarra». Renata dijo que se la habían traído sus padres de Buenos Aires, usó mi historia. «Un día nos la ponemos juntas, Ale», me dijo.

—¿Así de cínica?

—«Claro», le dije. Y no me enojé, tuve una enorme compasión por ella. Un día la chamarra estuvo de nuevo colgada en mi clóset. Tengo la foto del clóset en la memoria, Carla. Es suficiente.

Alejandra les sirvió un poco más de agua y les anunció que en la tarde llegaría un huésped con dos hijos. Eran alemanes. Dos habitaciones. Todavía podrían conservar sus cuartos. Seguramente coincidirían en el desayuno. Preguntó si los esperarían para visitar las ruinas romanas por la tarde, tal vez los recién llegados también querrían. Había recobrado el control y salido del marasmo de la nostalgia. Tenía un hotel que atender.

—¿Y ahorita? —La angustia de Carla volvió.

—Es hora de comer algo ligero y luego pueden leer o dormir. El *jet lag* dura un rato. —Dispuso Alejandra.

6

Nuria calculó la hora en México y decidió marcarle a Milena. Los mensajitos no eran suficientes porque la voz siempre traslucía una verdad que el silencio de la escritura disimulaba: la alegría, el temor, la rabia. Se había ido al viaje con culpa. La coincidencia del próximo nacimiento de su nieta y del cumpleaños de Alejandra, treinta años después de no verse, era muy desafortunada. Pensó en no ir a Portugal, en dejar a Carla colgada a pesar de que ella la había convencido. Luego pensó que podía hacer las dos cosas, siempre había podido, ¿no? Cuidar a sus hijos y trabajar, aun sin Leonel. Tener hijos adolescentes y novios pasajeros. Estar con su madre y no descuidar la casa. Completar un libro de las mujeres en la música popular rural y pintar la sala. Manejar a la Huasteca y hacer una fiesta para cincuenta personas en el departamento donde vivía. Podía. Nada más que estaba ante la gestación de un nuevo ser, ante el cambio en una familia, ante la fundación. Y eso no lo había medido.

Ya timbraba el teléfono, pero nadie contestaba; miró ese mar de uvas frente al ventanal de su cuarto y le pareció infranqueable. Colgó, esperando volver a marcar dentro de unos minutos. No quería prevenirla mandando un mensaje. Eso daba la oportunidad de escudarse, de no hablar, y conocía a Milena, siempre tan fuerte, o fingiendo que todo lo podía sola. Le pareció bien que su amigo —«Que no el padre de mi hija, mamá», había aclarado Milena—, el donante, estuviera al pendiente. Leonel, y seguramente Marcia, su nueva esposa, también estaban en la ciudad y atentos. Lo conocía de sobra, era un hombre de casa, de poca aventura y muy entregado a sus afectos. Cargaba con los hijos de Marcia para todos lados, era más que el padre, a veces exageraba, y Milena lo resentía. ¿Por qué no llevaba a sus hijos, Darío y Milena, a una vacación solo con ellos? ¿Tenían que integrarse a esa otra familia y perder lo que tenían juntos? En las fotos del álbum había quedado constancia de lo que los cuatro habían sido, pero persistía el pacto entre padre e hijos.

Un día se había quebrado su niña, muy al principio del embarazo, cuando los sentimientos son espuma en la piel. Y había hecho lo que en otras circunstancias evitaba: hablar de su padre. Nuria pensó en intervenir, en sugerir que Leonel le dedicara un tiempo especial a Milena. Pero se contuvo. Lo que sí hizo fue escribirle y comunicarle que se iba con los niños —así les seguían llamando— a La Paz, necesitaban unos días de playa. Que ojalá él pudiera gozar, como ella lo hacía esa vez, de unas vacaciones con los hijos que pronto ya no querrían saber de ellos. Firmó con *un abrazo*, antes hubiera sido *un beso*. Pero el abrazo sentaba fraternidad y hasta permiso para dar ese consejo de exesposa a exmarido.

Subió los pies a la cama, podría dormir, y sería bueno para aguantar la tarde y la noche, cuando Esteban seguiría halagándolas con viandas y vinos, y ella no quería perder un solo minuto de aquello. ¿Y si un día de estos se amanecían? Aquel era un viejo placer no visitado hacía mucho. Ahora amanecer era despertar, era ser ave, no alguien que domina la noche. Y ella alguna vez fue esa dominadora de la noche. Le encantaba hacer cosas mientras los demás dormían: leer —en la época en la que lo hacía—, estudiar, ver películas, comer, subirse a la bicicleta fija. Desde que vivía sola en Ensenada, no necesitaba poseer la noche para tener su espacio y su tiempo. ¿Sus hijos le reprocharían que se hubiera ido de la ciudad? ¿Cuándo podía decidir uno sin tener que pensar en todos?

Volvió a marcar y escuchó su voz. Milena estaba despertando.

—Mamá, es muy temprano.

—Me falló la cuenta, hija, ¿no son las ocho de la mañana?

Con voz amodorrada, Milena le contó que estaba durmiendo mal, que no encontraba acomodo. Nuria pensó en aquellas últimas semanas del embarazo.

—¿Y no te cae pesado lo que comes?

Era insoportable, tenía hambre, pero se llenaba pronto, tenía que ir al baño seguido.

—Debería estar allá contigo, hija.

—Mis amigas vienen todos los días, papá me llama, Fer está a tres calles y tal vez se quede a dormir.

Estaría muy bien, pensó Nuria en su propia tranquilidad.

—¿Y Darío?

—Ya lo conoces. Aparecerá en el hospital.

—¿Y se sigue moviendo mucho la bebé? Al final el espacio les queda chico.

—No me digas eso, mamá, voy a pensar que se asfixia.

—No quise decir eso. ¿Cuándo vas al doctor?

—¿Por lo de la asfixia?

Allí supo que Milena tenía miedo. Miedo del parto, miedo de la vida de su hija.

—Todo está bajo control. Yo aquí pienso en ti todos los días y mi nieta tiene instrucciones de estar a la altura de esta familia. O sea, ser fuerte y cumplida.

Milena no pareció interesarse en esas palabras de respaldo.

—Voy el jueves, mamá.

—¿Quién te acompaña?

—Nadie, mamá, nadie. La abuela Carmen murió y tú estás en la Conchinchina.

Nuria podía haberse quebrado y decirle que sí, que la había abandonado y se sentía muy mal. «Pero son solo diez días, hija. Y allí estaré, al pie del cañón, en el hospital, en la casa, me mudo para ayudarte los primeros días, si quieres, o a la hora de bañar a la criaturita». Recordó lo que le había pasado a su propia abuela cuando Nuria nació: no tuvo manera de regresar a tiempo de un viaje para estar en el parto de su hija. Había leído esas cartas agónicas, sentía la asfixia de su abuela. Pero su madre le había asegurado que lo más importante era que ella estaba por nacer.

—Lo más importante es que Carmen viene en camino. Y tú y ella están juntas. Desde ya.

Le pareció raro pronunciar el nombre de su madre que era el de la futura nieta. Siempre había dicho la bebé, pero ahora que ya estaba tocando a la puerta, que les cambiaría el paisaje y la conversación y el amor, la nombraba. Carmen. La relación con su madre no había sido tan cercana como la de ella con Milena. Eran cinco hermanos y su padre, diplomático. Durante los años de la universidad, estuvo sola en casa con dos de sus hermanos, veían a sus padres en las vacaciones, cuando viajaban a Italia, o si ellos aparecían de pronto por unos días. Carmen era la pareja de su padre más que la madre de los hijos. Y eso había sido duro de aceptar. O tal vez había definido la manera en que ella era la madre de sus hijos antes que la pareja de Leonel.

—Sí, ma, ¿todo bien por allá? ¿Tía Carla a dieta? ¿Y Ale sigue igual de guapa que en las fotos?

—Estamos de vagas entre viñedos y comida rica, nos reímos.

—Qué rico —dijo Milena—. Disfruta. Y ven pronto. —Luego quiso componerlo—: No traigas novio, estarás muy ocupada con tu nieta.

Cuando colgó, Nuria se quedó con esa frase dando vueltas. Milena estaba pidiendo su compañía, su treintañera la quería a su lado. La mujer que decidió ser madre sin pareja, que había estudiado para chef y luego prefirió la arquitectura, empezar todo de nuevo, que trabajaba en un despacho de mujeres jóvenes que diseñaban proyectos y casas comunitarias de bajo costo, que defendía el derecho de vestirse como se le pegara la gana: escotes, faldas muy cortas, para quien su cuerpo era el territorio donde gobernaba, que decía lo que pensaba o insultaba cuando era necesario, esa guerrera tenía necesidad de protección. ¿Qué tanto ella debía ser tierra firme?

Caminando sobre la arena fría de la playa de Ensenada, lo había pensado: Darío tenía treinta y uno y vivía con su pareja, y Milena cumpliría treinta, cada uno tenía un proyecto de vida, un techo, decisiones. ¿Ella podía echar a volar? La arena se humedeció con la ola, el agua estaba fría. Nuria notó la consistencia esponjosa donde sus pies se hundieron, pero pudo echar a andar. Llegaría otra ola y sucedería lo mismo, se reblandecería la arena de nuevo y ella seguiría caminando. Esa era la clase de tierra firme que podía ser, tenía que permitir el ablandamiento. Por eso había aceptado el viaje.

Ya había decidido que al nacer Carmen ella permanecería en la ciudad el primer mes. Después, quizás, le ofreciera a su hija vivir con ella en Ensenada. Estaba cayendo en la trampa de nuevo, en ser tierra firme sin resquebrajaduras. Y no lo era —lo sabían sus hijos, sus hermanos y sus amigas—, pues sus amantes respondían siempre a su generosidad amatoria, a la humedad de la arena, al vaivén indiscriminado del oleaje, donde dejaba llegar y dejaba ir.

Los viñedos, como olas, consolaron la distancia.

7

Alejandra pasó al hotel con la camioneta. Friedrich y sus dos hijos ya esperaban bajo el árbol que sombreaba la tarde. Los adolescentes aventaban piedritas mientras el padre saludaba a Alejandra, gustoso de que les diera ese paseo. Carla tocó a la puerta de Nuria cuando vio el movimiento afuera de los cuartos. Su amiga tardó en abrir, tenía cara de haberse despertado de una siesta profunda. Apenas y se ató el pelo, que ondulado y espeso requería tiempo para el acomodo.

Alejandra llevaba sombreros para todos, pues a las cinco de la tarde el sol todavía era intenso, presentó a sus amigas mexicanas y fue cuando Friedrich entendió que la dueña del hotel era una mexicana casada con un portugués y le pareció muy curioso.

—A mí también —dijo Alejandra—. Nos casamos con italianos, con gringos, con alemanes y muchos quieren vivir en México. Pero con portugueses, tan circunspectos y de su territorio, solo a mí se me ocurre. —Bromeó.

Los chicos hablaban alemán ignorando a la concurrencia, mucho mayor que ellos. Friedrich les explicó que sus hijos tenían todavía algunos días de vacaciones escolares y había aprovechado para llevarlos a Portugal.

El inglés era la moneda de intercambio y por allí uno de los dos jóvenes dijo que hubiera preferido Disney en París o la playa.

—Pues ahora verán la construcción romana más antigua de Portugal. Fue una villa y luego un monasterio. —Alejandra intentó animarlos.

Uno de los chicos emitió un bufido descortés. El padre los llamó al orden.

—Ya pasamos por eso, no hay problema —agregó Alejandra, recordando a Mario y a Ricardo, cuando apenas habían comprado esa casa, que necesitaba mucho arreglo, y a Esteban se le ocurría traerlos a pasar el verano.

—Ni que lo digas —dijo Nuria—, pero no dura para siempre. —Tocó el hombro de Friedrich compasivamente—. Se vuelven encantadores, verás.

Ya llegaban a la entrada de la construcción y Alejandra prefirió ser la guía a aceptar la explicación formal de la burócrata que daba los recorridos desabridos. A ella le gustaba presumir los vestigios de la tina de mármol, la riqueza de una familia romana que se había asentado ahí cuatro siglos antes de Cristo, las vistas desde las ventanas que ya no existían y que había que imaginar.

—Aquí todo es antes de Cristo —dijo Carla—, hasta nosotras.

Las tres rieron a pierna suelta mientras uno de los chicos asentía y su padre le gritaba por su nombre, divertido con el contubernio en el que estaba atrapado.

Mientras Alejandra los hacía mirar el sistema sofisticado de almacenamientos y tuberías de agua, la planta alta donde seguramente dormían los antiguos moradores, Friedrich se enteró de que venían a celebrar el cumpleaños de Alejandra, de que era la primera vez en treinta años que se reunían las amigas y la primera que Nuria, la risueña del pelo alborotado, y Carla, la delgadita coqueta, venían a Portugal.

Les dijo que no debían perderse Coímbra porque allí se podía oír el fado cantado por hombres y era muy grato de escuchar.

—Es un grupo de tres, y luego bebes un poco de vino.

—Aquí siempre se bebe vino en todo —dijo Nuria—. No me extrañaría que San Cucufato nos ofreciera una copita. Aunque el vino de Quinta Renata es el mejor, debes llevarlo a casa. —Lanzó coqueta.

Los chicos ya no estaban con ellos y no se habían dado cuenta. Se habían adelantado hacia la capilla, algo derruida, el lugar había sido luego un monasterio de franciscanos, pero hacía dos siglos que estaba abandonado, ilustró la guía mexicana. Cuando Alejandra los vio sentados con cara de fastidio sobre un trozo de columnata, bajo la sombra del pedazo de techo que quedaba en pie, aprovechó para completar la información.

—El único que vive aquí, aparte de la señorita de los boletos, que se va a las seis, es el fantasma romano. Giulio, le llamamos.

Los chicos se pusieron atentos.

—Por las noches se oye el chasquido de cadenas y a veces algún lamento por su pesar. El último dueño de la casa condenó al primo de su esposa a permanecer en el calabozo a pan y agua porque un día, después de un viaje, al regresar notó que su cama había sido ocupada por él.

—Esto no lo pueden oír ustedes —dijo Friedrich poniéndose gracioso.

Nuria adoptó su rol maternal y al lado de Friedrich añadió:

—Yo creo que es lo que más les está interesando.

Así, al lado del alemán, percibió que esa piel blanca lastimada por el sol, esos ojos azules protegidos por cejas espesas y a una altura considerable exhalaban un aroma muy grato. Miró a Carla, quien la conocía tan bien que ya había advertido su cercanía con el extranjero. Con un gesto de la mano frente a la nariz y un inhalar profundo, ojos a medio cerrar, le hizo entender que le gustaba su olor.

Carla meneó la cabeza: su amiga no tenía remedio. Pero ya Nuria se hacía ayudar por Friedrich para saltar de un murete a otro en la parte de atrás de la capilla derruida. Los chicos prefirieron que Alejandra les contara los detalles del fantasma: ¿cómo era el ruido de las cadenas?, ¿cómo el lamento?, ¿lo oirían por la noche?

—Pero no sale de aquí —les aseguró—, hasta ahora.

Solía contarles la misma historia a los hijos de Esteban cuando venían, para que acabaran por tenerle algún respeto y la obedecieran a la hora de la comida o a la hora de acostarse. Les infundía ese pequeño temor y por las noches acudía a su llamado. Protegerlos le había dado, por unos cuantos años, un lugar entre ellos, también prepararles aquellas enfrijoladas cuando alguien de su familia venía o ella regresaba cargada de latas de frijoles, de chipotles y harina Minsa para hacer tortillas. Los tres iban a nadar a la alberca municipal mientras Esteban se encargaba de dirigir los arreglos de la casa. Por la noche, con los dos chicos a cada costado, repasaban los libros de cuentos que ella les leía en portugués. Les enseñaba palabras en español con las que provocaba su risa. Si aparecía Esteban, ella decía: «Papá, tonto», y los chicos se desternillaban. Si servían comida que a ella no le gustaba, decía: «Fuchi», palabra que se volvió la favorita de los chicos. Incluso cuando compraron ese pastor belga, color avellana y negro, lo bautizaron como Fuchi. Pero Fuchi fue la gran pérdida, cuando ellos ya no volvieron y le pidieron a su padre que se los regalara, que, por favor, lo llevara a Porto, donde vivían con su madre.

Ver a los dos alemanes le recordó a Alejandra el momento en que los niños se volvieron adolescentes. Tenían doce y quince años. Ricardo, el más pequeño, con esa cara dulce, con esa delgadez y misterio, se parecía mucho a su padre; en cambio, Mario había crecido de pronto hasta rebasar a Esteban, era moreno y sus ojos hoscos, la boca gruesa, parecía que en su sangre había algo de mulato, de los vaivenes entre Portugal y Brasil. Tal vez de la parte de la madre, pensaba Alejandra, que hasta la fecha solo la había visto el día que llegó furiosa porque no podría irse a su maestría fuera del país como había quedado con Esteban. Los chicos vivirían con ellos durante esos dos años de estudio. A Alejandra le había parecido muy bien. Pero Ricardo había llamado a su madre protestando, no quería quedarse con ellos. Cuando los tomó de la mano y los subió al coche sin decir nada, Alejandra alcanzó a ver las cejas tupidas y los labios gruesos de ella, así como el tono apiñonado de su piel.

Carla se unió a ella y a los chicos, quienes, más apacibles, aceptaron que les contara la historia de la Llorona, que vestida de blanco se lamentaba por sus hijos y que tenía una canción y todo.

—Yo me la imagino con un vestido blanco pegado al cuerpo porque acaba de salir del lago. Del lago en la Ciudad de México. —Sazonó Carla.

—Pero no suenan las cadenas —dijo uno de los chicos, que parecía muy impresionado con lo estremecedor que podía ser ese ruido quebrando el silencio de la noche.

—¿Y los monjes lo escuchaban cuando vivían aquí?

—Claro —afirmó Alejandra—, por eso acabaron por irse —mintió. El otro chico ya no quiso oír nada.

—Yo no quiero dormir aquí —le dijo a su hermano en alemán. Pero Carla lo entendió. Había tenido que aprender un poco de alemán porque los sistemas de extracción de omega 3 eran tecnología alemana.

—Nosotras llevamos aquí dos noches. No se oye nada.

—¿Hablas alemán? —Se sorprendió Friedrich, que ya las alcanzaba junto con Nuria.

—Muy poco, suficiente para hacer negocios.

—¿Qué clase de negocios? —dijo Friedrich, juguetón.

Fue cuando Alejandra notó que sus dos amigas estaban un tanto alborotadas con el inquilino. Parecían adolescentes con un nuevo chico en la escuela. Como cuando había llegado Tom en secundaria, aquel gringo callado y guapo. Fue una carnada en un estanque donde todas querían hacerse notar.

Cuando el paseo acabó, Alejandra les recomendó a los alemanes comer en Vila de Frades, o en Vidigueira, al fin que habían rentado un auto con el que estaban viajando por Portugal. En cualquiera de los dos lugares había restaurantes, pero cerraban temprano.

Antes de despedirse, Alejandra les recordó el horario: entre siete y nueve.

—Lo más tarde posible —pidió Friedrich, señalando la puerta de los críos.

—Mejor, mis amigas no se levantan temprano.

Tomaron rumbo a la casa, porque la puesta del sol las esperaba y también el aperitivo que Esteban les tenía preparado.

—No los podía incluir —se disculpó Alejandra.

—Lástima, está monísimo. —Se rio Nuria.

—De sus vidas amorosas no hemos hablado aún. ¿Tienen a alguien en puerta?

8

Esteban las esperaba con el espumoso de las bodegas de Vidigueira que resbaló por sus gargantas agradecidas.

Se sentaron al fresco bajo la enramada, como si ya fuera un viejo ritual. Alejandra acercó el jamón y las aceitunas.

—En realidad la botana es muy extremeña —les dijo—, estamos a muy pocos kilómetros de la tierra del ibérico.

Carla gozó cada mordida de ese jamón amantequillado. ¿Cómo podía desterrarse un manjar así de la dieta contemporánea? Pura moda revuelta, porque los más recientes estudios habían mostrado que las dietas bajas en grasa tenían repercusiones en el funcionamiento neuronal.

—Pensaré mucho mejor —comentó, introduciendo la rebanada a su boca, ante la perplejidad de los demás.

—Yo creo que ya lo haces bastante bien —dijo Esteban, que se había entusiasmado con la plática sobre la obtención de aceites y la técnica del encapsulado.

—Parecen dos ingenieros. —Se había burlado Alejandra. Luego les aclaró que en realidad la participación de Esteban en medios como asesor de campañas políticas había sido circunstancial. Un joven político, compañero de estudios que quería ser alcalde, lo llamó porque tenía don de palabra y lo volvió su director de prensa.

—Pero yo siempre quise la prensa de uvas o de olivas —dijo Esteban—. La vida a veces te arrastra.

—Dímelo a mí. —Se rio Alejandra—. Yo iba a cursar un diplomado en París, seis meses de especialización en conducción de radio y televisión, y Esteban nos dio el curso de conducción de debates políticos.

—Alejandra era muy espontánea. Levantaba la mano y preguntaba todo el tiempo en un inglés muy correcto.

—¿Por qué creen que preguntaba? —Se dirigió a las amigas—. El profesor estaba muy guapo.

—*El profesor* —cacareó Nuria— *les va a enseñar...* —Y las tres se lanzaron con el chachachá— *un baile muy popular.*

Sin mayor pudor, Nuria se paró a bailar y le dio la mano a Esteban para que la acompañara, mientras Carla y Alejandra seguían la tonada. El portugués, intimidado, apenas y se movía; no pasó ni una estrofa y ya también las otras dos se unieron a la bailada. Esteban pidió paz, tenía que ir por las sardinas, dijo, y huyó.

—Puro omega 3. —Se rio Carla, y las otras dos corearon «omega 3» con la tonada del chachachá. Se reían como niñas, pero papá Esteban las llamó al orden.

—El baile más popular puede esperar, esto no.

Nuevamente se había lucido con aquellas sardinas con ajo y tomate, acompañadas de espárragos a la plancha. Y luego les presumió un blanco que Nuria rechazó con el mismo viejo dicho que aprendió de sus padres:

—El mejor blanco es un tinto. —Aunque su estómago toleraba mejor el blanco.

En las noches de Ensenada, cuando salía a la terraza de su casa, si estaba sola, le apetecía una copa o dos de blanco, mientras contemplaba la negrura mar adentro y sentía el placer orondo de haber hecho por fin lo que hacía mucho quería. Vivía en una lengüeta de casas sobre un risco, casas que a veces rentaban los gringos que venían por temporadas, pero que poco a poco se habían colonizado con personas de muchos lugares. Su vecina Isa, que trabajaba en un centro de investigación y que se había traído a su padre desde la capital a vivir con ella, a veces decía salud desde su terraza. Intercambiaban algunas palabras, además, sobre el pan que le regalaba Nuria. Lo que no se había vendido debía consumirse. Cuando cerraba la panadería, pasaba siempre al orfanatorio con el paquete de hogazas de sabores menos experimentales y a Isa le traía el ensayo del mes.

Cuando Isa no estaba, su padre añoso a veces leía en la terraza.

—¿Qué lee, doctor?

—Una novela de un tal David Toscana. Le acaban de dar un premio.

—Yo ya solo leo el paisaje, a las personas. Dejé los libros.

—¿Te empachaste de ellos? Porque parece justificación de alcohólica.

Sí, se había hartado de lecturas para la maestría, el doctorado, libros duros de corrientes sociológicas, tesis, artículos, novelas históricas, novelas que le recomendaba Leonel, quien leía el doble que ella. Amamantaba a Darío y leía, se levantaba y leía, en las vacaciones leía. Cero movimiento, solo dar vueltas a las páginas.

—Ahora leo recetas de pan, doctor.

El doctor se reía, tenía un humor muy fino y un talante exquisito. Hasta era coqueto y animaba a Nuria cuando la veía solita.

—Váyanse las dos de cacería —les decía a Isa y a ella.

Luego Nuria supo que el padre de Isa era un científico eminente. Cuando se enfermó, Isa pidió que estuviera atenta mientras iba por una enfermera. No la encontró, pero sí el medicamento que Nuria le inyectó.

—Espero que haya leído las instrucciones. —Se burló el doctor.

—Esas las leí en el curso de paramédicos.

La voz de Esteban la devolvió a la terraza.

—A mí me gusta todo. También el *vinho* verde de tierra arriba, aquí en el Alentejo no se da, las uvas y las condiciones son otras. Mucho más seco. Por eso nuestros tintos son mejores. —Defendió Esteban.

Carla quiso que les platicara su impresión de Alejandra cuando la conoció. Qué había visto en esa chica que levantaba la mano y preguntaba: ¿sus ojos?, ¿la sonrisa de dientes blancos parejos?, ¿el nacimiento de los senos en el escote?, ¿sus manos elocuentes?, ¿sabía que era mexicana? La propia Alejandra estaba atenta a su versión.

—Un mes después de que se fue la alcancé en México y le pedí que se casara conmigo.

—Pero ¿qué te gustó? —insistió Carla.

Esteban sentía el hambre de las tres mujeres, su anhelo de romance. Los comienzos, era cierto, eran únicos.

—Su alegría y sus ojos.

Carla pensó en la risa de Alejandra, en que a ella y a Renata las sacaban del salón porque algo se contaban y ese borbotón de alegría delataba su distracción.

—Y mis piernas, no te hagas. —Bromeó Alejandra.

Esteban ya no quiso ir por ahí.

—Me pedía que caminara despacito hacia él para verme llegar. Me regaló unos zapatos azul marino de tacón. Le gustaba el sonido.

Esteban había llenado las copas de nuevo. Las chicas estaban encantadas con el recuento.

—Yo no puedo hablar del comienzo con Joaquín, me dan envidia. Él siempre estuvo ahí. Era hijo de los colegas de mi papá, todos los domingos había comida en mi casa o en la suya, se juntaba un grupo de doctores.

Carla cerró los ojos, la verdad, sí había habido un comienzo. Cuando se dieron cuenta no solo de que se caían bien, sino de que se atraían. Diecisiete años. Joaquín contó que iría al cine con una niña que le habían presentado. Así decían entonces, «con una niña». Carla no pudo sonreír y molestarlo como hicieron los demás. «Cuéntanos, ¿es bonita?, ¿qué onda con ella?, ¿está buena?», le dijeron los más confianzudos. «Es delgada y muy elegante», dijo Joaquín. Más rabia sintió Carla. «Y muy inteligente. Y simpática», añadió él. «Pues preséntala», molestó el hermano de Carla.

Carla se quedó callada el resto de la tarde, evitándolo. No quiso jugar mímica como solían hacer, en equipos donde participaban invitados de todas las edades. Se metió a la biblioteca del padre de Joaquín, en aquella casa llena de ventanales y desniveles en el Pedregal. Observaba los libros encuadernados color vino con las iniciales del doctor en dorado. El abuelo de Joaquín también había sido médico, así que era una biblioteca de varias generaciones cuyas iniciales JV se repetían. Carla no escuchó los pasos de Joaquín hasta que estuvo a su lado, hombro con hombro.

—¿Te gustaría ir al cine?

A Carla le pareció una burla.

—Ya tienes plan.

—No. Quiero ir con una chica delgada, elegante, inteligente y simpática, un poco necia también. —Y puso sus labios tibios y amorosos sobre los suyos.

—Nos ibas a contar —dijo por fin Alejandra, como si hubiera acompañado el recuerdo de Carla— de tus amores.

Esteban se llevó algunos platos y dijo que esa charla ya no era para él.

—¿Por qué no? —Fue cortés Carla—. Tal vez me puedas dar consejos.

—Un hombre felizmente casado con una hermosa mujer no puede dar consejos —respondió Esteban y se esfumó dentro de la casa.

Las tres sabían que era mejor así, que podían decirse y soltarse entre viejas amigas. Volvieron a ponderar la fortuna de su amiga y Alejandra a defenderse y a decir que de ella lo estaban sabiendo todo, pero ella estaba fuera de noticias.

—Estoy saliendo con Íñigo, ingeniero, setenta y cinco años, llevamos dos años.

—Yo lo conocí en el aeropuerto, alto, muy pulcro. Me encantó su chamarra de cuero —apuntaló Nuria.

—Debe ser un cuero para que andes con alguien de esa edad —le dijo Alejandra.

—No, solo la chamarra. —Se rio Carla—. Los caritas ya no me impresionan. Es un hombre de hábitos. Me lleva a cenar dos veces por semana, cada dos fines de semana vamos a Valle de Bravo, tiene una casa preciosa. Velea. Juega tenis. Me cocina y acepta usar mis aceites. Y tiene sus propios compromisos de negocios, con amigos. Desde que lo conozco he ido a Nueva York dos veces con él.

—¿Estás contenta? —preguntó Alejandra—. Ya no sé qué es eso de que te procuren, que te sorprendan con viajes. Que vivas en estado de noviazgo. A lo mejor es el estado ideal.

—A lo mejor.

A Carla no le gustaba la estabilidad prolongada, si sus relaciones avanzaban hacia hacer una vida juntos, las desechaba. Había tratado con dos relaciones después de Joaquín. Habían vivido juntos y se había hartado de la presencia, de la rutina, de la falta de imaginación, del apagón sexual, de tener que considerar al otro en cada uno de sus planes.

—No quiero que me pase lo que a mi padre —confesó, como si hubiera descubierto esa verdad apenas.

Nuria la miró pensando en que tenía suerte de que su padre aún viviera, por más que la demencia senil lo colocara un tanto fuera de este mundo.

—Eres la única de nosotras a quien le queda un padre.

—Porque al de Renata lo damos por muerto, si es que no se murió ya —dijo Alejandra.

—Mi padre se desgajó cuando murió mi madre. Se volvió un cerro deslavado, al poco tiempo perdió piso y yo a alguien con quien conversar. —Carla no advirtió en qué momento la conversación sobre amores se había vuelto sobre su padre.

—No lo parecía —le comentó Alejandra. Cuando murió la madre de Carla, tenía cincuenta y seis años, y ella aún estaba en México. Ellas ya habían rebasado esa edad—. En el velorio a cada una nos decía algo sobre nuestras carreras, familias, planes.

—Un día me llamó para que fuera por él a un restaurante. No podía manejar. Sentía los brazos paralizados. Se había quedado después de que sus amigos partieron, había bebido, pero no como para perderse.

»Cuando llegué, me pidió que me sentara. Dijo que extrañaba la brillantez de mi madre. Los diálogos que tenían sobre asuntos científicos, la manera en que lo provocaba para buscar soluciones. Ella era mejor endocrinóloga que él, solo que había sido discreta. Y le faltó tiempo.

Carla dio un trago a lo que quedaba de su oporto.

Su madre se había recostado porque le dolía la cabeza una tarde y, cuando subió la muchacha para ver qué preparaba de cenar, la señora no respondió. Le habló al doctor, su padre le habló a ella, y ella, a su hermano, quien tendría que volar. Cuando Carla llegó a la casa, su padre estaba sentado en la cama tomándole la mano a su mujer. Carla se estremeció con la piel fría de su madre cuando le dio un beso. El gesto era plácido. Los ojos cerrados. Los aretes de perla y su maquillaje muy simple. Las canas salpicadas en su melena castaña. Ella se sentó al otro lado y le tomó la mano sin comprender, sin comprender nada hasta que, pasados los días, cuando iba a la casa de sus padres, faltó la voz y el orden, y cada pisada escalera arriba era sortear un abismo. Su padre se tenía que ir de allí. Joaquín y ella lo convencieron, lo ayudaron a vender la casa, a empacar. Su hermano se lo llevó con él a Aguascalientes. Lo tuvo un rato hasta que su hermana avisó que estaba listo el nuevo departamento; celebraron con una espléndida comida, la cocinera decidió el menú que la señora hubiera ofrecido y se quedó como pieza de resistencia en el mundo para siempre desacomodado de su padre.

Lo que nunca había oído era que la añoraba de una manera que no era el orden de la casa, su presencia en la cama, su discreción. Carla desconfiaba de tal adoración, porque sabía lo que su padre tal vez había ignorado por voluntad.

—A veces pienso que si ella siguiera viva, no solo mi padre hubiera seguido destacando como endocrinólogo, sino que yo hubiera podido comentar las zozobras de mi vida con él.

—Dirás con ella —interrumpió Alejandra.

Carla sabía lo que decía, con la muerte de su madre había perdido la atención de su padre, que era con quien podía sortear los desgarres emocionales.

—Si mi padre me escuchara, cuestionaría por qué salgo con alguien que decide por mí, tal vez entendería que ya me cansé de armar cada pareja como si echara a andar una pequeña empresa.

—¿Ya no quieres hacer una vida con alguien? —preguntó Nuria intrigada.

—Tengo terror al aburrimiento y también a la soledad.

9

Carla no se detuvo a pensar si estaba mal que tomara la camioneta y arrancara por la vereda hasta la pequeña carretera. Era temprano y desde su habitación la línea blanca del horizonte anunciaba que tenía tiempo suficiente antes del desayuno, cuando la podrían echar de menos. Las llaves estaban en el parabrisas; no era que lo supiera, pero si no las hubiera encontrado, tal vez habría echado a andar: aunque eso era lo que habían estado haciendo día tras día, cuando el calor lo permitía y con los sombreros bien afianzados. Necesitaba el ruido del motor y un rato sin conversar. Manejar era una forma de pensar. Por las noches, el vino, la cena y la charla, y más vino o el oporto, la dejaban lista para dormir como un bebé. Ni siquiera la angustiaba la vastedad oscura del campo.

La camioneta era de velocidades, como le gustaba. Esperaba que el ruido del arranque no despertara a nadie. Una vez que entendió cómo meter la reversa y echó a andar suavemente por la grava entre los viñedos, sintió la exaltación de la libertad. Pasó por el hotel, donde seguramente aún Nuria dormía, pues era perezosa para amanecer, y tampoco vio señas de los inquilinos alemanes. Alejandra volvió a amenazar con juntarlas cuando se requiriera alguna de las habitaciones. «Espero que sí», les dijo. Habían obtenido un préstamo muy blando para la construcción del hotel rural, pues había apoyos por parte del gobierno para ello; pero tenía que funcionar. Alejandra había dicho que ansiaba que su vida fuera toda en la quinta y ya no tener que volver a Lisboa. Carla se preguntó cómo podía renunciar por completo a la vida de ciudad.

Carla no soportaba esa tranquilidad, como de presagio de muerte. No sabría vivir así, ¿o sí? Nuria ya había elegido Ensenada, una ciudad pequeña, pero ciudad al fin. Y decía que a veces tenía ansias de más y manejaba a Tijuana, y después, cuando las ansias eran de más y San Diego no servía, tenía que irse hasta Los Ángeles, para que el ruido, el movimiento, cierto vértigo y otras sorpresas le dieran arraigo o, al menos, la sensación de que su origen chilango era orgullo y condena. Como una adicción. Carla lo confesaba, era adicta a la ciudad y sobre todo a la ciudad moderna, a los edificios de Polanco, de Santa Fe, a la sensación de estar con todos y con nadie, pero en medio de los engranes de una máquina. Podía buscar a sus conocidos, podía perderse en un café.

Tomó hacia la derecha en la carretera para ir rumbo a lo que no habían recorrido. Un camión cargado de uvas pasó por el carril opuesto y pitó en señal de saludo. Iba despacio y las uvas reventonas, que casi escurrían entre las trancas, daban una grata sensación de abundancia. El sol brillaba por un costado y ella lamentó no tener los lentes oscuros, aunque pensaba dar solo un paseo corto.

Una gasolinera, con una especie de súper al lado, le llamó la atención. Le faltaba el café mañanero y bajó del auto para preguntar si ahí lo vendían. Le indicaron que más adelante había un verdadero café para desayunar.

La camioneta se deslizaba sabroso por esas hondonadas y curvas muy suaves, sin cuneta para hacerse a un lado. Un hombre en bicicleta, que cargaba herramienta de campo, la hizo reducir la velocidad. Estaba bien, no tenía por qué rebasar, aunque de pronto vio una recta larga frente a ella y le dio al acelerador; la camioneta despegó briosa y cuando al fin se alineó en su carril, satisfecha, recordó que la velocidad era un extraño placer. Desde que salía con Íñigo no había tocado la carretera, ese era el territorio de su pareja, quien se extendía como protector y dueño de ciertas actividades a través de su Audi. Qué mala cosa haber claudicado, demasiado fácil renunció a ese placer que los llevaba a su casa en Valle de Bravo muchos fines de semana, o a recorridos interesantes en la península de Yucatán. Coche propio o rentado, firma plasmada y ella el copiloto.

En cambio, cuando su padre se ponía mal en la casa de Cuernavaca, no importaba la hora, tomaba la carretera en la madrugada y corría sabroso en la noche en que las luces de los otros autos ayudaban a distinguirlos. A veces llegaba a la casa de su padre viudo, tocaba el timbre y esperaba inútilmente que le abrieran, la vieja sirvienta oía poco y eran las cinco de la mañana. Entonces tomaba de vuelta la carretera, como si ese ir y venir, ese estar en las montañas y al mando en el volante, ese oír la música que la complacía, le calmara el alma. Eso fue antes de que su padre entrara a la casa de ancianos.

Recordó el placer de la música y encendió el radio, el portugués era tan agradable. Les diría a las del club de lectura que ahora tocaba leer a un autor portugués, alguien además de Saramago, eso de leer a puras mujeres había sido un buen comienzo, pero ahora resultaba limitante. Había leído en algún suplemento que Antonio Tabucchi era un escritor italiano enamorado de Portugal, podría sugerir un libro de él. Le encantó la afirmación del escritor respecto a uno de sus libros, lo había tenido que escribir en portugués porque esa era la lengua de los sueños. Los sueños y la cadencia amorosa cuando los brasileños cantaban. ¡Ah, Caetano! Había ido con Joaquín a verlo en el Canecão en Río. No lo olvidaría. Voz rasposa, transparente, su guitarra nada más y aquel haz de luz descompuesta, rayando con colores la negra pared del escenario. Bello, sencillo y poderoso. De pronto le pareció ver un café al lado derecho. Las mesas afuera, dos hombres sentados frente a sus tazas. Se detuvo y bebió aquel expreso cortado con la paz de estar hundida en el anonimato, apenas una sonrisa de buenos días a los hombres de la única mesa ocupada. Por la altura del sol, juzgó que era hora de dar la vuelta. Animada por la cafeína y por el *Bon dia* que dijo, imitando las lecciones de Alejandra, regresó a la carretera entonada. Movió el control del radio y encontró rock en inglés. La cuna misma de toda ella. No cualquier canción, sino ese himno, esa escalinata que te llevaba al cielo con la voz de Robert Plant y el requinto de Jimmy Page: Led Zeppelin y su «Stairway to Heaven». Subió el volumen, dejó que la música inundara el auto.

Ella tenía apenas veintiún años y estaba estudiando y aunque Joaquín era su novio y lo quería bien, aquel muchacho en la fiesta de su grupo la estuvo rondando y bailaron, y bebieron y acabaron besándose arrebatados por una libertad inconsciente, por no pertenecer a nadie. Al día siguiente quería terminar con Joaquín, no por el chico del baile ni sus besos, sino porque quería probar la libertad de no darle cuentas a nadie, ni a sus padres, ni a sus maestros, ni a su maestro de esgrima, ni a sus futuros suegros. Estaba a punto de terminar la carrera y Joaquín ya le había dado un anillo de compromiso; al día siguiente, el chico de los besos la estaba esperando a la salida, quería verla pronto. Días más tarde, le habló a Santiago para alcanzarlo en Puerto Ángel, era biólogo y trabajaba con tortugas marinas. Tenía que huir, el aire de su mundo la asfixiaba.

Pero volvió a las dos semanas, cuando se dio cuenta de que necesitaba la contención de su mundo: bebía, dormía poco, se enredaba con los brazos de Santiago, se reía, bailaba, vomitaba, fumaba marihuana. O todo o nada. Y regresó para casarse.

Se había pasado la desviación a las ruinas romanas que estaban muy cerca de la Quinta Renata. Dio vuelta en «u» donde el espacio y la visibilidad lo permitieron. Pasaban tan pocos autos por allí. La canción había terminado y le dieron ganas de que fuera un disco para repetirla, al infinito. Había encogido los años entre aquella fiesta, la playa con el tortuguero y la carretera portuguesa. Era una pócima de rejuvenecimiento. ¿Hacía cuánto que no la escuchaba? La pondría en el coche de Íñigo. ¿Y si seguía manejando hacia Évora, a Cáceres, solo seguir?

Reconoció a Nuria al borde de la carretera, le hacía señas para que se diera cuenta de dónde debía doblar, la había visto pasarse de largo.

Carla le sonrió despreocupada.

—¿Dónde estabas, ingrata?

—Fui a dar una vuelta.

Nuria se subió al auto y azotó la puerta, liberada.

—Hace mucho que no cuido adolescentes. Estás loca. Y el coche es ajeno.

Carla seguía silbando la canción «Stairway to Heaven», hasta que vio a Alejandra y a Esteban, muy compuesto de traje gris, afuera del tejabán donde se guardaba el coche.

Sin decir nada, Esteban tomó las llaves de la mano de Carla y arrancó.

Alejandra miró a su amiga, desconcertada.

—Tenía una cita temprano en Lisboa.

10

Alejandra propuso que, como no había coche para ir de paseo, sería día de cocinar.

—Mexicano —les dijo—. Invitamos a Friedrich y a los muchachos.

Nuria sonrió, vería al hombre atractivo de nuevo, y accedió gustosa.

—Voy a usar los chiles poblanos que me trajeron ustedes, pero me tienen que ayudar.

—Más te vale —dijo Nuria—, yo creí que nos deportarían por traer frutos con semillas, como si hubiéramos ido del mercado al aeropuerto.

Carla tenía pereza de lo doméstico. A qué diablos había venido luego de doce horas de vuelo, trasbordo en París, otras dos horas, carretera durante tres horas y, total, estaba en el campo. Eso era todo, solo caro, lejos, aburrido.

—En mi vida los he preparado.

—Nunca es tarde, chiquita —dijo Alejandra entusiasmada.

Como si aquel plan le hubiera devuelto una alegría repentina y el disgusto de Esteban, ante la ausencia del coche, ni siquiera hubiera ocurrido.

—Espero que Esteban llegue a cenar con nosotras —se disculpó Carla.

—Si te perdona —bromeó Alejandra—, y si no, que se le pase allá en Lisboa. Yo también les puedo servir vino.

Parecía darle gusto la ausencia de Esteban y ese tiempo exclusivo para ellas. Era colocarse en el momento preciso en que pasaron de verse todos los jueves a tomar la desviación: el camino de cada una.

—A veces es bueno no tener a alguien en casa todo el tiempo. —Se atrevió Nuria con cuidado, como para que su amiga se soltara.

—Imagínate, después de treinta años, ¿cuál es la sorpresa? Sabes cuándo se va a molestar, el guion de sus reacciones y, sin embargo, te gusta sentarte con él a la mesa cuando cae el sol. Ya estoy igual que mis papás. Recuerdo unos meses en que no se hablaron, no sé si mi padre habrá andado con alguien, o si mi mamá, ¿por qué no? No hay que restarle méritos de coquetería e insatisfacción, pero se sentaban a la mesa a comer y a cenar, y luego a ver la tele en absoluto silencio. A lo mejor un largo matrimonio es una enfermedad crónica. —Se rio.

Mientras hablaba de corrido, les pasaba esos poblanos de un verde casi azulado que, había asegurado, se podían traer en la maleta sin problema. Trajeron cincuenta entre las dos, un poco aterradas por haber mentido cuando firmaron que no estaban ingresando plantas ni semillas al país.

—Ya los sembramos, pero no se dan. Lo mismo que Colón cuando trajeron los chiles a Europa, dieron pimientos, se volvieron dulzones. Y yo extraño mi picante.

—Pues yo no veo a Esteban muy dulzón. —Carla se rio con picardía, recuperada de la nostalgia y el vicio carreteril.

—Tú ni digas, que con viejitos ha de ser puro almíbar. —La molestó Nuria.

—Eso crees tú. —Se guardó Carla para sí la intimidad con Íñigo. No las quería desengañar, que los prejuicios las dejaran en la intriga—. ¿Me creen tonta? —Se atrevió a añadir.

Joaquín era su noviecito de mano sudada, con el que fajaba, pero de quien se guardaba de llegar a más cuando iban en la prepa, pues era hijo de los doctores amigos de sus papás, qué iban a decir si aquello acababa en embarazo. Bien portada, hasta que Carla en unas vacaciones conoció al sonorense y, sin mucho preámbulo, sin el ojo vigilante de la cofradía médica, se dejó llevar a un hotel de carretera y cedió su virginidad gozosa y sin miedo. Eso lo sabían sus amigas, pero no Joaquín, que la notó más dispuesta a todo antes del matrimonio y que se animó a contravenir el catolicismo familiar, aunque fueron demasiado pudorosos, demasiado cuidadosos con ellos mismos, como si tuvieran que cuidar las formas en la intimidad. Carla no volvió a reconocer el salvajismo de las pieles olvidadas de la razón hasta mucho tiempo después de su separación con Joaquín. Lo que sus amigas sabían era que a él le había pasado lo mismo, aunque desconocían quién había sido la depositaria de aquella pasión. Carla tenía razones para guardarse el secreto.

—Treinta años después, aunque con menos espontaneidad, el sexo sigue siendo un motor nuestro —confesó Alejandra.

—Estás salvada. De eso se trata —dijo Nuria como una experta en relaciones matrimoniales—. Aunque sea diferido en varias relaciones. El agua quieta se pudre.

—Yo aso los chiles. —Se apuntó Carla, no pensaba pelarlos ni desvenarlos, sus uñas no estaban para esos maltratos—. Nuria, tú los desvenas, ¿verdad?

—Cuando se dejan —albureó.

La cocina no era muy grande, pero podían sentarse dos frente a la mesa de granito y otra usar el espacio junto a la estufa. Alejandra haría el picadillo.

—A la hora de la comida solo tomaremos algo sencillo, una ensalada y salmón ahumado. A veces añoro cualquier cosa. Un hot dog.

—Eso lo dices porque comes sabroso todos los días —dijo Carla—. Yo me dedico a la ensalada y al salmón. Y cuando me da el *blunchie* me voy por hot dogs al Costco, son enormes y buenísimos.

Nuria ayudaba a picar la zanahoria y la cebolla, muy finita, con enorme paciencia.

—¿*Blunchie*? ¿Qué es eso?

—Su nombre lo dice: entre el *blues* y el *munchie*.

—¿Por qué te da?

—No tiene explicación.

—Me alegro que digas eso. Yo creí que tenía depre menopáusica —dijo Alejandra.

Nuria recordó lo que podría llamar los *blunchies* de su adolescencia. En aquellos años en que sus padres vivían en Roma y había tardes en las que sus hermanos no estaban en casa, ella sentía que el espacio vacío se le caía encima, se iba a la recámara principal y se metía bajo las cobijas justo en medio, como cuando era niña y le permitían esas travesuras. Recordaba sobre todo a su padre, que le hacía cosquillas y la llamaba «mi enredadera». Decía que su pelo rizado era como una planta trepadora. «Vas a enloquecer a los hombres», le susurraba. «Pero como Rapunzel, no los dejes trepar por las trenzas». Carmen lo regañaba, que qué le decía a la niña. Su madre se enojaba por la risa cómplice de los dos. Tal vez porque no sabía ser cariñosa y su incapacidad molestaba. Antes de morir le había pedido perdón a Nuria, habían ido a comer a ese restaurante que tanto le gustaba, el que parecía una hacienda. «Me molestaba tu caos, tu desorden, hija, tu marido, tus horarios. Que te gustara comer y pasarla bien, que te parecieras a tu padre en eso». Fue cuando Nuria le dijo que le había hecho mucha falta cuando se fueron a Roma seis años. «No te pude contar de Gilberto, ni de mis indecisiones sobre la carrera, ni de que me robé un día el coche de mi hermano y lo choqué, de que Leonel me gustaba, pero me molestaba que usara palillo después de comer. Pero ahora estamos aquí juntas». Dos meses después, Carmen murió.

Alejandra cascaba los huevos para el capeado.

—Solo cuando Esteban no está los puedo capear, a él le gustan los chiles sin su abrigo esponjoso.

Mientras el picadillo se cocía en la estufa y los chiles sudaban en la bolsa de plástico, ofreció cervezas.

—Me saben a gloria cuando cocino —dijo y se relamió los labios.

Escogieron la terraza mientras lo demás aguardaba. Alejandra se descalzó y subió las piernas a la silla de al lado presumiendo el barniz impecable de las uñas de los pies.

—Hoy recibí el correo confirmando la llegada de Inés el viernes 18 al aeropuerto de Lisboa.

La noticia cayó como una piedra que desata círculos en el agua. Se quedaron en silencio esperando tal vez a que se calmaran las ondas. Cómo desviar el tema, si en unos días la tendrían ahí, de pie, como el fantasma de un pasado que desconocían.

—¿Iremos por ella? —preguntó Nuria.

—Esteban tiene que ir a Lisboa, él la recogerá —dijo Alejandra con un sentido práctico que Carla aplaudió, librada de tener que recibir a una hija de Renata.

—Además es tu fiesta. Ya pasó el tiempo.

—¿Cuándo fue la última vez que viste a Renata? —preguntó Nuria a Alejandra—, porque sin duda tú eras su más cercana.

Alejandra dio un trago largo a la cerveza, como si se animara a sacar recuerdos de un baúl muy desatendido, oxidado, tal vez. Rechinaron los goznes. Se había puesto los lentes oscuros y no se le podía ver la mirada, eso la ayudaba a hablar, a contestar a su modo:

—La noche antes de irme al curso de seis meses se quedó en mi casa a dormir. No sabíamos que mi vida cambiaría para siempre, ¿o lo sabía ella? Pero que no nos veríamos durante todo ese tiempo era un hecho. Había tenido función aquel día y me pidió ir, pero yo estaba nerviosa. La maleta, mis padres que querían cenar conmigo. En lugar de eso, ella se quedaría a dormir en mi casa, pero llegaría tarde, ¿importaba? No, yo no podía pegar el ojo. En el trabajo me habían pagado el curso y era parte de mi formación para tener mejores oportunidades como reportera o conductora, o lo que la televisión me ofreciera después. Me había resignado a no ser actriz y me fue gustando esa forma de estar en un escenario, era yo en el papel de reportera. Y el asunto no era emocional, sino de precisión y eficacia, y también de imagen. Ya saben, para qué les cuento.

Nuria se puso de pie y llevó los cascos vacíos a la cocina. Repondría las cervezas y le daría una vuelta al picadillo.

Carla recordó la imagen de su amiga en la pantalla de la televisión, con el pelo más largo, pero con ese peso lacio que le envidiaba. Los reportajes de estilo de vida en otros países, muy amables, muy bien contados. El tono de la voz. Cuando tomó aquel curso, Alejandra no sabía que estaba comprando su pasaje a cualquier lugar del mundo para seguir haciendo lo mismo, como lo hizo los primeros años en Lisboa.

—Ya le bajé a la flama. —Nuria colocó sobre la mesa las botellas frías y un tazón de almendras que había encontrado.

—No es que esa haya sido la última vez que la vi, pero pasarían muchos meses hasta nuestro reencuentro y las cosas ya no fueron iguales. Mi vida tomó esta dirección. Llegó muy tarde esa noche, con los jeans apretados que usaba y la camisa vaquera, como de hombre, desfajada, el cuello y el escote pronunciado, la cara despejada. No tenía maquillaje y se veía cansada, parecía un muchacho: esa belleza extraña que tanto atraía a los hombres.

La única marca en su piel, pues no tenía lunares ni pecas, era aquella cicatriz rosada en forma de coma cerca del ojo. Era sexy, la condenada. No sé cómo lo hacía.

»Me platicó del actor principal de la obra. Un hombre interesante, veinte años mayor, gran actor, gran compañero de escena. Culto. Le había recomendado *El cuarteto de Alejandría*. Mientras yo me iba, ella lo leería completo: los cuatro tomos. Esa iba a ser su meta para no extrañarme. Le dije que eso era mentira, que era para enamorar al actor. "Cómo crees, está viejo. Casi como mi papá". "Cuídate", le advertí. "¿De qué?" Yo tampoco conocía la respuesta. Nos reímos. Tomamos helado de vainilla con Coca-Cola, como cuando estudiábamos Historia de México en la prepa. No nos gustaba, Nuria, aunque fuera tu materia favorita. Y cuando mi mamá nos despertó al día siguiente, vio que nos habíamos quedado dormidas vestidas, cada una en un lado de la cama. Las burbujas del refresco habían desparramado el helado que goteaba sobre la alfombra. Me alisté con prisa, Renata se puso lo mismo y acompañó a mis padres al aeropuerto, muy a pesar de ellos, que no acababan de aprobar que viviera sola, que fuera actriz, "que fuera de la farándula". "De la que te salvaste", me decían. Los salvé a ellos. Pienso qué hubiera sido de mí si me quedaba en el teatro como ella, si hubiéramos vivido juntas como propuso, si la hubiera convencido de que la colonia Juárez no era el mejor lugar aunque estuviera cerca de los teatros, si nos hubiéramos ido a la Del Valle al departamento que mi tía rentaba, si organizábamos juntas nuestra fiesta de treinta años ese 19 de septiembre. En lugar de llamar desde Lisboa sin poder comunicarme con mis padres ni con nadie hasta tres días después.

Era imposible seguir. Nuria pensó que cada una tendría que contestar a la pregunta, si la había lanzado era porque ella también quería tener claro cuándo había sido esa vez y, sobre todo, por qué ninguna sabía que Renata había tenido una hija.

11

Alejandra miraba desde las ventanas de la parte alta del hotel. Le había costado despertarse, cuando dormía sola descansaba mejor. No había ese resorte de disciplina de su marido, que quería estar en el campo al amanecer: un café, el sombrero y dar vueltas por el olivar y el viñedo antes de que el sol pegara duro, antes de desayunar. Habían aprendido a reconocer los indicios de plaga, de desnutrición, de falta de agua, y a veces ella lo acompañaba. En lugar de estar atenta a los cambios de la moda, como cuando salía en televisión, Alejandra reconocía los ribetes descoloridos de las hojas de la vid. Esas hojas que desde su latitud le parecieron siempre de cuento, de Eva, de la *Ilíada*, guirnaldas verdes que recorrían las portadas de algunos libros. Aquí ese era su cielo. Se había reído cuando se dio cuenta de ello, hacía tres años. Su nueva vida era vegetal.

Miró halagada la luz plata que daba sobre el campo; ahora el hotel era su ocupación esencial: atención a los juegos de cama, a las toallas que eran nuevas, pero que en algún momento habría que sustituir antes de que enseñaran las huellas del uso, a la dotación de jabones, shampoos y cremas de lavanda que consiguió con un proveedor en Évora, a las bolsitas de café para las cafeteras en los cuartos, a las botellas de agua de manantiales locales, y pensó que era muy ingenua al creer que las amigas y los alemanes se despertarían pronto después de la bailada que el vino provocó. ¿El vino? Eso y la música que escogió en la computadora, la cumbia, la salsa, las viejas canciones de los setenta, pero no su lista para el día de su cumpleaños, que no había querido quemar todavía. Era Nuria quien insistía en que pusiera algo bailable y veía al tal Friedrich con cara de deseo. Y Friedrich bailando con las tres, como si fuera una escultura en el centro de una plaza, como ese David de la Plaza Río de Janeiro en donde ella y Renata se veían cuando su amiga se mudó a la Juárez, cerca del teatro del que Patricio era socio. Increíble que los chiles rellenos hubieran derivado en una fiesta espontánea, de estar Esteban no habría ocurrido lo mismo. A lo mejor en el capeado estaba el hechizo, se rio Alejandra para sí.

Carla apareció con la cara muy compuesta:

—Como no había coche no pude robármelo.

Alejandra ya había preparado el café y el aroma inundaba esa especie de tapanco que también era comedor. Observó su reloj.

—No fue gracioso que te lo llevaras.

Carla desoyó su comentario y dijo:

—Ya sé que el desayuno acaba a las nueve. Pero para una mexicana podías tolerar esta media horita. Después de todo, hace cuánto que no estamos despiertas hasta las tres de la mañana. Por lo menos, yo no.

Carla hablaba mucho, como exaltada por la enfiestada de la noche anterior. Alejandra se había desacostumbrado al alboroto desde que los chicos regresaron con su madre. Pero sus amigas habían venido a revolverlo todo, ¿o a devolverlo todo? Se detuvo ante el juego de palabras.

—¿Te pasa algo? —Se preocupó Carla—. Nunca has sido tan estricta con la puntualidad. —Ella, en cambio, era demasiado cumplida. Así durmiera solo un rato, estaba donde fuera necesario a la hora convenida, lavada y planchada. Qué fastidio.

Alejandra tardó un rato en responder. Era cierto, lo suyo nunca fue la obsesiva responsabilidad y estuvo a punto de que la sacaran de la escuela cuando Renata y ella ensayaban para una obra de teatro, con un grupo de jóvenes. Se desvelaban, fumaban...

—No hay que decirle a Esteban sobre lo de anoche, no creo que le parezca una buena política con los huéspedes emborracharlos y ponerlos a bailar —dio por respuesta.

—No le habría gustado que Fred bailara con las tres mientras los alemancitos pubertos bostezaban en el sillón. ¿Te imaginas?, seguro nos ven como unas rucas desatadas.

No solo eso, pensó Alejandra mientras vertía café en la taza de Carla y en la suya, y acercaba la leche tibia. La noche anterior se había topado en el pasillo con Fred, cuando él salía del baño y ella iba al cuarto por un broche para detener su melena, que la hacía sudar copiosamente. Se estorbaron y se rieron porque en la penumbra del pasillo uno se movía para un lado y la otra también. Fred giró el cuerpo y la pegó al muro, su cabeza dio con algún cuadro, la foto de la familia de Esteban que se descolgó, pero que la presión de la cabeza de Alejandra por aquel beso robado no permitió que cayera y se despedazara. Un beso largo y abrupto. Los dos se quedaron frente a frente respirando como animales.

Friedrich se disculpó mientras detenía la foto, justo cuando Alejandra se desprendió del muro. Hacía mucho que no sabía de atrevimientos. En las fiestas de septiembre en la embajada de México, alguien la persiguió obsesivamente y le pidió permiso a Esteban para bailar con ella. Un día ella fue la que posó la mano sobre la del primo de Esteban, ese hombre aún más callado que su marido, pero que cuando cantaba a capela se transformaba en un ser de otro mundo. Todos se reunían en familia en la casa de sus suegros, Paolo acababa de cantar después de la cena y ahora estaban sentados de nuevo en la mesa para el postre. Apenas cabían en esa larga banca donde chicos y grandes se apretujaban, Esteban a un lado, Paolo del otro, y ella buscó su mano bajo el mantel. Paolo respondió apretando la suya. Alguien le pidió que pasara las galletas y la mano de él se desenredó y salió a la superficie. El resto de la noche procuró no despegarse de su brazo y su hombro, de su olor.

—¿Y Nuria? Ya se tardó. —Quiso salir de su marasmo de recuerdos de piel y deseo.

—Yo oí pasitos anoche. —Se rio Carla.

Alejandra la miró, como si le hubiera revelado una realidad brutal.

—¿No conoces a nuestra amiga?

La llegada de los muchachos interrumpió la plática. Claro que conocía a Nuria, un torbellino sin barreras claras en aquellos años después de la prepa. Tan pronto se enamoraba de un chico, lo llevaba a la casa familiar, donde pasaba mucho tiempo sola. A Alejandra le daba envidia su libertad. Al mes ya no estaba con ese muchacho, sino con otro, un compañero de paseos en el Ajusco o el profesor de tal materia, o el amigo de su hermano. Su cuerpo era generoso y su alegría atraía como un panal. ¿Por qué había pensado que ese beso suponía que ella le gustaba a Friedrich? A lo mejor quería un descuento, se dijo molesta.

Los chicos también notaron la ausencia de su padre, pues algo dijeron entre ellos y luego se rieron, justo cuando Friedrich apareció en la puerta seguido de Nuria que, con el pelo húmedo, ostentaba lo sucedido.

Las palabras de Alejandra salieron solas.

—Así que se van hoy.

Friedrich no la miró a los ojos. Nuria no se daba por aludida.

—Cafecito. —Pidió cuando el aroma desplazó el del shampoo floral—. ¡Cómo bailamos!

—Y tú has de haber seguido la danza —dijo Carla, cómplice.

Friedrich las miró, sospechando el tema de su intercambio. Alejandra, con cierta sequedad, tostaba el pan e indicaba que el jamón, el queso y la fruta estaban servidos.

—Nos vamos después de desayunar —le contestó Friedrich a Alejandra.

—Muy bien, hay que preparar el cuarto para nuevas visitas.

Nuria miró a Alejandra, desconcertada por su frialdad, la recordaba la noche anterior retorciendo el cuerpo en espiral, como aquella muñequita de vestido rojo embarrado y mal pintado sobre su voluptuosa figura de plástico que giraba sobre un tornillo: «Mira cómo baila, como Juana, la cubana».

—Ha sido maravilloso. —Friedrich dudó en sentarse con sus hijos.

Nuria y Carla se miraron, gozando la incomodidad del alemán, que quería sentarse con ellas, pero no se atrevió. Los chicos devoraron el desayuno y se levantaron para volver a sus cuartos, reclamando a su padre que se apurara. La aburrida vacación había llegado a su fin y parecían querer concluirla lo antes posible.

Alejandra se sentó con el alemán y le acercó una encuesta, que esperaba contestara libremente.

Friedrich hundió los ojos en el papel y, antes de responder, masculló solo para sus oídos.

—Me hubiera gustado seguir más allá del beso, pero eres una mujer casada.

Alejandra pretendió no haber escuchado nada, pero aquella explicación no pedida la alivió mientras se servía fruta; el melón verde le pareció más dulce mientras lo comía en la mesa de sus amigas y el alemán rellenaba a solas aquel papel, idea suya para mejorar el hotel rural.

—Te ves rozagante —le dijo a Nuria.

Nuria entrecerró los ojos por respuesta.

—Hoy no me pidan ir de *tour*. Voy a descansar.

12

Por la tarde noche, atadas al lugar, ya que Esteban había llamado para decir que volvería al día siguiente por la mañana, pues Mario viajaría con él, retomaron la charla en la veranda. Hundidas en cierto silencio, fue preciso el efecto de dos copas de vino blanco acompañadas de queso para acomodar el día, que había sido muy descansado. Carla acompañó a Alejandra a revisar el vino de las tallas, pues Esteban le había dejado encargos puntuales. Luego cortaron las naranjas del árbol contiguo a la cocina y el olor fue un halago. Carla estaba maravillada de que las cosas sencillas dieran tanta paz. Pensaba que la vista de la Ciudad de México, desde el piso catorce de su departamento en Santa Fe, era una especie de paz, y lo era, pero había algo frío y hasta artificial en aquella forma de arropo.

Con las naranjas en el cesto que abrazaba contra su pecho, el aroma alegre le rebotaba en la cara. Mientras Alejandra se bañaba, pues habían sudado en las faenas del campo, Carla dijo que colocaría las naranjas en la cocina, pero las llevó con ella al jardín detrás de la casa y eligió un trozo de césped para sentarse un rato. Así, sin sus amigas cerca, sintió lo solitario del lugar. Y le gustó. A contrapelo de su manía de agendar compromisos más allá de los laborales, la quietud nacida del olor de la naranja la concentró en ella. Y ella era un tema del que siempre huía. Una extraña melancolía le apretó el esternón. Era cierto que después del rompimiento con Joaquín se desconcertó tanto que todos los días visitaba a sus padres cuando aún vivía su madre. El departamento compartido con Joaquín era de ella y él se había salido sin chistar. Era un caballero, había que reconocerlo, y parte de la rabia de Carla se debía a que no era con ella ese amante que también podía ser.

Carla había leído las cartas que evidenciaban la lujuria y la pasión de la mujer con la que había estado enredado. No ser objeto de deseo la obligó a necesitar el incondicional afecto de sus padres. El zumbido de una abeja la alertó, caminaba sobre la superficie aceitosa de las frutas frente a ella. La vio recorrer su pequeño planeta anaranjado. Ella recorría el propio, pero era azul viscoso, lo necesitaba teñir. La soledad en la campiña portuguesa permitía otras sensaciones a las que no se atrevía en las calles de su ciudad, ni en los parques ni en la penumbra de su departamento, al que cada vez le hacía un nuevo cambio. Un mueble, una lámpara, un cuadro, renovar el tapiz de los sillones. Se trataba de no parar. La abeja se había detenido en la redondez de la fruta. Y se tallaba las patas delanteras presumiendo su tórax bicolor.

Su madre la había hecho reír cuando ella le confesó las razones de la ruptura, sin dar nombres ni detalles. Se había propuesto bloquear la escena del pasado que la había hecho tomar una distancia precavida con su madre. Que se comprara ropa interior sexy y que bailara frente al espejo. «Todas las mujeres somos hermosas», dijo irguiendo el cuello largo y siempre adornado que la caracterizaba. «No solo nos hacen hermosas las miradas de los otros». La pensó ensayando cadencias sensuales frente al espejo, con ropa interior negra y la incomodidad volvió. ¿Sería tiempo de aceptar que su madre no solo era su madre sino también una mujer?

A diferencia de su padre, su madre no insistió en que buscara la reconciliación. ¿Y cómo reconciliar dos cuerpos que habían nacido sordos el uno para el otro? ¿Cómo podían mostrar su lado oscuro, travieso, vulgar? ¿Y qué hacer con esa forma del amor que es la ternura, de la que también estaba despojada ahora sin Joaquín?

En lugar de visitarlos al día siguiente de aquella conversación, pasó a Liverpool para comprar ropa interior de encaje azul marino, costosa y bella. El fin de semana aceptó la invitación de Sonia, una de sus proveedoras y amigas, a cenar a su casa: irían unos amigos ingleses con los que ella había pasado un verano en su adolescencia. Un intercambio lejano, pero se habían encontrado de nuevo en redes.

Los chicos de la familia Wilkes. Uno de los hermanos estaba casado, el otro no. Sonia vivía en la Anzures, una de esas casas antiguas espaciosas; cuando abrió el mesero contratado para la ocasión, Carla entró al vestíbulo, coronado por un enorme jarrón de flores sobre la mesa redonda, escudada por el secreto de la lencería. El encaje azul sobre su cuerpo la hacía caminar altanera, como frente al espejo la noche anterior. El grupo lo formaban Lola y ella, una soltera y otra descasada, Sonia y su marido, el cuñado de Sonia que era un político pedante muy cercano al presidente, la pareja Wilkes y el hermano soltero o descasado, Brian. Lola y Carla fueron sentadas entre el cuñado de Sonia y Brian, a quien se le entendía a duras penas su veloz inglés británico. Mientras el cuñado intentaba ser simpático con ella, ella intentaba ser simpática con el inglés.

Bebieron, cenaron y, con la música que obsesivamente administró el marido de Sonia, bailaron a los Kinks y a los Birds y hasta a los Bee Gees, celebrando su hermandad generacional. Y cuando Lola y ella se turnaban los movimientos de baile con Brian, pues el cuñado se había enfrascado en una discusión con Sonia, Carla vio la mirada del inglés sobre su escote. Pensó en el encaje marino y se atrevió a tomarlo de la mano y a ensayar unos pasos que excluían a Lola. Brian aprovechó la pieza lenta que seguía y la enlazó con sus brazos, así que cuando la pareja Wilkes dijo que se iba y Brian no demostró voluntad por seguirlos, Carla sonrió. Cuando insistieron, dijo que tenía que *walk the ladies home*. Lola traía chofer, lo que fue muy conveniente para Carla, solo que, de camino a casa, pensó que necesitaba otro escenario. «¿Qué tal si yo te llevo a ti a tu hotel?», le propuso.

El cuarto del María Cristina se volvió el planeta naranja y ella una abeja sin escrúpulos. Por la mañana, Brian se negó a ir a Teotihuacán con su hermano, alegó malestar estomacal y Carla olvidó que trabajaba, y que se había casado casi virgen. Las piezas de encaje azul marino en el sillón le revelaron su poder. Envuelta en las sábanas mientras Brian le acercaba un jugo de naranja, no les quitó la vista de encima. Algo tenía que agradecerle a su madre, pese a todo.

El olor a naranja la había colocado en su piel, la nostalgia y la ira la tenían muy lejos de su propio cuerpo. Lacia y cobijada por el olor a azahar, devolvió la cesta al interior de la casa y decidió tomar una siesta en el cuarto de hotel, como si huir del pasado fuera una tarea abandonable.

13

Nuria había sido la instigadora: recordar la última vez que habían visto a Renata, pero por alguna razón bordeaban el tema con detalles insulsos.

—¿Sigue frío? —preguntó Alejandra cuando vertió la tercera copa del *branco* de Vidigueira.

Nuria dio un tenedorazo a la ventresca de atún que estaba en el centro de la mesa. Sus ojos reposaron en el pequeño jardín que en la noche clara hacía de los agaves espectros.

—¿Cómo es que hay agaves aquí?

Alejandra aclaró que cuando los encontró decidió amontonarlos frente a la casa, eran el contrapeso de los olivares rotundamente mediterráneos.

—Tienen algo de viril —subrayó Nuria con ojos evocadores y probando la renovada frescura de las uvas—. Eso hubiera dicho Renata.

—Y luego habría recordado un poema de Efraín Huerta. Se sabía versos de memoria —agregó Alejandra.

—Cuando salimos de la prepa, la vi con poca frecuencia. —Nuria acomodó los recuerdos—. Yo estaba clavada en la universidad y en descubrir las desigualdades que había en México, mis amigos eran el Pocho y el Brincas. Vivía en un mundo privilegiado y a veces sentía culpa, hice de mi casa el paraíso del equipo de trabajo.

—Renata iba a llorar a mi casa en aquel tiempo —dijo Carla intempestiva.

Como si Renata fuera territorio de Alejandra, la anfitriona replicó:

—Era conmigo con quien lloraba.

—Tú vivías por San Jerónimo. A la Anzures era más fácil llegar de la Roma.

Nuria no hizo caso de sus alegatos.

—Renata no lloraba. Un día dijo que necesitaba hacer unas improvisaciones para un ejercicio de teatro y sabía que yo siempre estaba con un grupo de mis compañeros. «¿Son muy ñeros?», me preguntó por teléfono. «No», le contesté. «Solo medio ñeros», la agredí. «¿Puedo caerte?». Quién le decía que no a Renata, si siempre acababas aceptando lo que ella quería. Era como si en cada pregunta de ella hubiera una afirmación. Tal vez de otro modo no hubiera sido actriz. Tenía que derribar al monstruo que era su padre.

—Lloraba por eso —interrumpió Carla—. Por lo menos aquel mes en que me pedía vernos por la noche. Y a veces éramos Joaquín y yo quienes la invitábamos a algún lado. —Hundió la mirada en los agaves como si la firmeza de sus hojas puntiagudas la pudiera escudar.

Carla estiró la copa para tomar su segunda, su aversión a las calorías la hacía beber despacio. Tampoco iba a compartir la solidaridad traicionada. Como si fuera una carrera de caballos, Nuria no soltó la delantera:

—Sonó el timbre y me pidió que no la presentara, que la dejara estar como observadora: era parte de la tarea. «¿Te vas a esconder?». «Claro que no, tengo que verlos y oírlos». Cuando nos acercamos al grupo sentado en el jardín sobre varios tapetes, rompí el hielo: «Es Renata, actriz».

»El Pocho la miró con recelo cuando la vio colocar su silla y sentarse afuera del círculo, Leonel, que dirigía al grupo, la miró indiferente. La realidad no estaba en los foros de teatro, la realidad era la herida viva de las desigualdades, y a todos nos había alejado del arte, menos de la música, porque el Brincas y Delia eran pura salsa y vámonos al Bar León, o sácate la grabadora. Marcela era la más *nerd*, aunque nadie usaba esa palabra, ¿verdad? La más clavada, pura teoría, pura lectura y citas precisas; y Leonel se sacaba de onda porque le quitaba los reflectores y a mí me ganaba la risa con tanta seriedad, él quería hacer algo concreto, "transformador", como decíamos, y al parecer podía suceder. No solo medir la realidad social, tomar la foto, que se volvió nuestra función apenas salimos de Sociología. Por eso Marcela fue directa con Renata: "¿Hoy no tienes función?".

Alejandra parecía poco interesada en el divagar personal de Nuria e interpelaba a Carla.

—No nos has dicho por qué te buscaba.

—Yo creo que tú lo sabes —dijo Carla, que seguía sin deseos de pelear con los celos de la anfitriona.

Nuria siguió el relato, instalada en los petates al centro del jardín rodeado de paredes cuajadas de hiedra, frente a los platones de jícama y pepino y la limonada.

—¿Se acuerdan de lo mal que sabía el agua en los vasos de aluminio? «Estoy estudiando para ser actriz», se defendió Renata. Y bastaron esas palabras para olvidarla como si fuera el público y ellos los actores, así que seguimos en nuestras definiciones del proyecto que presentaríamos en clase y Renata quietecita hasta que el fresco reclamó que entráramos a casa, pero Leonel pidió que mejor llevara unas cobijas porque moverse podía romper el momento alcanzado, y cuando lo hice, de estar encaramada en su silla, Renata se pasó a los petates con nosotros para taparse del frío de octubre. Fue prudente y quiso saber si ya habíamos acabado para hacer un juego, lo pidió por favor, impostando humildad, que a ella le servía para su preparación. Cada quien tenía que contar algo, una especie de confesión, y si querían podían inventarlo: su sueño más rosa. «Qué güeva», dijo Leonel. Pero al Pocho le interesó lo insólito de la petición de Renata y cada quien contó algo más bien dulce y hasta aburrido. Marcela quería tener una pastelería. «Tú quieres que te embarren de betún y te chupen», se atrevió el Brincas, que era así, siempre pícaro. Renata aprovechó para mudar a los sueños oscuros, los inconfesables. «Pero si son inconfesables…», dijo Delia, y como si eso fuera un banderazo contó el suyo: ahorcaba a su hermanastro y le robaba las llaves del coche, se iba y nunca volvía. Pocho fue por unas cervezas. Leonel le dijo que mejor algo más fuerte. Y esculcó en la bodega de la casa y salió con whisky. Nadie bebía whisky. «No hay ron», dijo Pocho.

Alejandra y Carla habían vuelto a interesarse.

—¿Cuál fue tu sueño oscuro? —preguntó Alejandra.

Nuria no lo recordaba. O era aquello de nadar en el lodo, lo que a veces la despertaba, su cuerpo a merced de una densidad oscura donde no sabía si se pegaría con algo, si habría un borde filoso, un palo. Era un río negro, como chocolate español, y ella decidía que había que quedarse quieta, inmóvil. No había más certeza que quedarse en el lugar donde estaba, donde no pasaba nada. Pero ¿cuánto tiempo? Se lo contó a sus amigas.

—Y era verdad, no me había movido ni me movería en un buen rato. Llevé la universidad a mi casa. La quería llenar de presencias y ruido. No recuerdo los sueños de los otros, no sé siquiera si los contaron, solo el de Renata, que dijo que querría espiar a sus padres haciendo el amor y que cuando su padre gruñera excitado, irrumpir y gritarle: «¡Cerdo!», luego esperar a que se le bajara el pito, así dijo, y luego tomar ese cristo que su madre no había querido quitar de la cabecera, a pesar de los refunfuños ateos de su padre, y darle en la cabeza, y oírlo chillar como el cerdo que era.

Carla se empinó una tercera copa de prisa y contó:

—Su padre había ido a tocarle al departamento de Bruselas pasadas las diez. Le había pedido entrar, venía del teatro.

Alejandra se tapó los oídos como una niña chiquita:

—No sigas.

—Sentado en el sillón, pidió un brandy. De los comentarios de la función reciente, de las preguntas sobre ella y sus clases, pasó a la ira: que con quién vivía en ese putero —Carla siguió—, sabía que estaba saliendo con Patricio, que si se había ido de la casa solo para coger a gusto. Y así, sin más, se le echó encima, a besarle el cuello, a subirle la blusa, a bajarle el pantalón. Resbaló del sillón y antes de que reaccionara, Renata salió corriendo y me llamó.

—No era la primera vez —dijo Alejandra, soltando un secreto que creía solo suyo.

El teléfono sonó y Alejandra tardó en tomarlo. Parecía que era muy tarde, pero apenas eran las nueve de la noche y Esteban, dijo Alejandra al volver a la terraza, tenía un plan para ellas.

—¿Qué, no está en Lisboa? —preguntó Nuria.

14

Cuando Alejandra les dijo que João, el único amigo que tenían en la zona, pasaría por ellas para llevarlas a Cuba, no habían serenado el tema de Renata. Se asomaron al espejo del baño, allí en la casa grande, y se dieron una acicalada con lo que traían en la bolsa y el cepillo que Alejandra les prestó.

—Nunca he ido a Cuba —dijo Alejandra—. Ni a la isla ni al pueblo de aquí.

—Yo tampoco. —Bromeó Carla, queriendo salir de la espesura en que la conversación las había colocado.

Nuria se pintaba los labios de rojo cereza como si se quisiera iluminar a la fuerza. Mientras, Alejandra tarareaba junto a ella: *Que las cerezas están maduras, eso lo sé…*

—¿Quedé bien? —interrumpió Carla su cepillado.

—Solo vamos a un bar de pueblo —dijo Alejandra.

Aquella revelación había descolocado a Nuria, sentía la ira juvenil, el deseo de acompañar a Renata y desnucar al actor.

—¿Cómo sonará el peso de un cráneo en la madera? —preguntó.

—Como el ruido del cascanueces —completó Alejandra.

Carla había preguntado qué pensaba la madre de Renata, si sabía lo que ocurría. «No sé, no sé, adora a mi padre por sobre todas las cosas. Es como un sacrificio que ella está dispuesta a hacer. Convive con el monstruo y aguanta sus infidelidades».

—Pues la madre de Renata no se atrevió.

La carretera deshilachó sus sensaciones, las mezcló con la negrura acalorada del paisaje y con el intento de conversar entre ellos. A Carla le había parecido agradable aquel amigo alentejano, pero cuando se saludaron vio con asco las manos de João, que eran bellas y grandes y las confundía con las del actor manoseando el cuerpo núbil de su amiga, que se había ido de casa sin poder escapar del monstruo.

—¿Tienes hijos? —le preguntó en un español lento, pues ya habían sido advertidas de que João solo hablaba portugués. Era otro de los vitivinicultores de la zona, nacido en Cuba, precisamente.

—Una menina —contestó con una sonrisa orgullosa.

—Ah… una niña. —Y de nuevo se fijó en las manos con repulsión.

—Daria vive con su mamá —aclaró Alejandra. Y dirigiéndose a su amigo en portugués, intentó evitar el fuera de lugar de las preguntas de Carla y ocupó el asiento delantero de la camioneta. Por unos minutos hablaron en portugués y las mexicanas se dejaron llevar por una tonada incomprensible, pero que sonaba bien.

—¿Qué hizo Leonel cuando Renata contó su fantasía? —Alejandra preguntó a Nuria después de algunos kilómetros, con la voz atemperada por el ruido del motor.

Nuria dejó el rostro fijo en la pantalla negra del cristal que en esa noche sin luna no revelaba nada.

—Le pareció interesante. Yo diría que lo calentó. —Se atrevió a responder, sabiendo que el conductor no comprendía.

No contó que en el amasijo de cuerpos bajo la cobija le pareció que se repegaba con su amiga y que su respiración era torva. Por eso no preguntó nada más sobre el sueño inconfesable de Renata: la ecuación sexo-violencia era una amenaza desconocida y Leonel un hombre que perdía el control, y eso le pareció atractivo. Extrañamente, la oscura pulsión de Renata los había acercado. Un mes después empezaron a vivir juntos. Pero el tema no se volvió a tocar entre ellos, podía desbaratar esa magia violenta y amenazadora que hizo del primer sexo un gozo extremo. Un paraíso sostenible por muchos años.

João abrió las puertas a cada una y cada una aguardó a que lo hiciera siguiendo las instrucciones de Alejandra. Después de la llamada de Esteban les había explicado que era un hombre muy atento… «y yo diría que se ha vuelto más conservador. Se separó de su mujer porque se empezó a vestir de hombre, en el campo escupía con los cultivadores y se encuclillaba a orinar donde fuera».

Lo que no sabían era que entrarían a un mundo de hombres cuando las puertas del bar se abrieron y João, cuyo tío era el dueño del lugar, se adelantó escudado por cuatro mujeres. Las miraron con recelo y João fue explicando que Alejandra era la esposa de Esteban y que iba acompañada de sus amigas mexicanas. Lo dijo en voz alta, pero con cierto orgullo, como si partiera plaza y a la vez pidiera permiso para invadir un espacio que parecía exclusivo de ellos, aunque una que otra mujer salpicaba la concurrencia o salía de la cocina con camarones rebosados y sardinas fritas. Las llevó hasta la barra para que saludaran a su tío y le pidió que las dejara pasar del lado donde estaba él cuando comenzara el canto.

—Por algo Esteban ideó este plan —les dijo Alejandra para amainar su propia perplejidad.

Les sirvieron tintos de la casa y aceitunas cargadas de ajo en un platito. Los hombres eran de todas las edades, con rostros marcados por el trabajo al sol, adustos y de cuando en cuando miraban hacia la puerta como si esperaran algo. El bullicio del lugar había usurpado el mal sabor que les produjo la verdad que ignoraban poseer todas. Alejandra platicaba con João y Carla lo miraba de reojo, asombrada por lo atractivo que era, ahora que lo veía a la luz de las lámparas del bar. Su sonrisa firme y cálida desentonaba con los afanes que había atribuido a sus manos. Y lamentó pensar que el vicio del actor era el de todos los hombres.

Nuria bebía con fruición su segundo vino, mientras el espejo que tenía frente a ella le retrataba la composición del atiborrado lugar. ¿Por qué estaban allí? El vino de la casa no era mejor que el de la Quinta Renata y olía a sudor macerado en ajo. No se había traído el celular y debía estar atenta al llamado de su hija: tenía una criatura embarazada, iba a ser abuela y vivía esos días despreocupada e instalada en sus años jóvenes, olvidada de las obligaciones de la edad.

Un grupo de tres hombres atravesó la puerta; como en medio de una película del oeste, el sonido se contuvo y en seguida lo ensucia-

76

ron los vítores y exclamaciones de felicidad porque habían llegado los esperados. Carla relajó el cuerpo cuando se supo en un pueblo portugués y no en Ciudad Juárez, cuando se asumió cerca de un hombre chapado a la antigua, como era su vocación. Los tres hombres se acercaron a la barra por una grapa que bebieron como en una coreografía, donde todos estaban congelados menos los protagonistas de algo que estaba por suceder.

João cruzó una mirada con las chicas e indicó paciencia con un gesto de sus manos grandes y elocuentes. Su sonrisa más amplia prometía que les sorprendería. Alejandra alcanzó a decirle que Esteban nunca la había llevado.

—Tienes que ser de aquí para entrar —le aclaró en la lengua que los dos hablaban.

Los tres hombres se volvieron para encarar al grupo disímbolo, las pocas mujeres que había quisieron apiñarse detrás de la barra, como ya lo habían hecho las mexicanas tras la indicación del tío de João. El silencio anterior a la función se postró en el espacio apretado y a un chasquido de dedos el trío soltó las primeras palabras de una melodía, y poco a poco los otros se montaron en ella con sus propias voces, formando un coro hosco y hondo, lento y nostálgico. Volvió la voz solitaria de alguno, el otro que se unía, otros más se ensamblaban, luego todos en una nostalgia desgarradora. Triste y larga. La voz de João se sumó al coro.

Alejandra sintió el golpe de algo extraño dentro de su cuerpo, como si en las voces de esa tierra estuviera algo de ella que se había sembrado con el tiempo, con los años de ir ganando el Alentejo, después de Lisboa, después de la Ciudad de México. Uno cantaba, los otros contestaban como si recorrieran un camino, un peregrinaje a quién sabe dónde. A Alejandra le parecía que coreaban su propio peregrinaje en esa estación de su vida: cultivar la vid, hacer vino, vivir de cara al campo, sin hijos, sin padres, con Esteban, por Esteban, por este canto.

Los ojos se le humedecieron tercos, mirando los ojos de esos hombres y sus bocas y escuchando la voz de João tan cerca de ella. Ninguna de sus amigas lo advirtió, absortas como estaban en lo que el canto cincelaba en el aire del lugar. Ellas turistas, ella mitad portuguesa, siempre a medio camino de ser madre y no serlo, de estar allí y no estar. João descubrió sus ojos azabachados por el llanto, extendió una mano y apretó su hombro, en el instante mismo en que Carla seguía la longitud de ese brazo, pero João solo tuvo ojos para Alejandra, que se había abandonado al río profundo que era aquel canto.

15

Mientras Carla y Nuria alababan las voces a capela de los hombres en aquel bar, mientras agradecían haber oído ese canto imprevisto, Alejandra sentía los surcos de la tierra en sus brazos morenos, sentía la voz húmeda en su pecho y se sabía raíz, tocón, pedazo involuntario de ese paisaje que llevaba puesto contra su voluntad.

Había sido en otro cumpleaños cuando descubrió el campo alentejano.

Siempre se despertaba más tarde que Esteban. Su marido portugués no tenía la costumbre mexicana de cantarle las mañanitas para sacarla de la cama el día de su cumpleaños, a pesar de que la había visto despertar de esa manera a sus hijos en sus celebraciones, cuando vivían con ellos. Por más que Alejandra quería hacerlo así para festejarlo a él, Esteban tomaba la delantera y siempre lo encontraba ya en la cocina, preparando los cafés y el desayuno. En la casa lisboeta de dos pisos ni lo sentía. Por eso cuando vio sobre la colcha de piqué blanco una bolsa transparente con un puño de tierra no entendió nada. Le pareció una grosería.

—¿Qué, a los cincuenta años me quieres enterrar? —dijo, abanicando la bolsa frente a los ojos sonrientes de Esteban en la cocina.

—Observa su color —dijo él, lacónico mientras colocaba las tazas de café en la mesa.

—¿Qué? —Alejandra bufaba ofendida—, morena como yo.

Esteban volteó para responder al sonido de la tostadora y extraer las rebanadas de pan.

Alejandra estaba decepcionada, ese hombre era increíble. Era su cumpleaños y ni siquiera le decía felicidades. Entonces, mientras Esteban añadía a la mesa la mantequilla y la mermelada, ella se empezó a cantar las mañanitas. Su marido sonrió.

—Felicidades, princesa. —Y se acercó para ablandarla con un abrazo que ella se resistía a recibir.

—Me despiertas con un puño de tierra el día de mi cumpleaños… ¿Conoces la canción? *El día que yo me muera no voy a llevarme nada, nomás un puño de tierra.* Pero como también dice que *hay que darle gusto al gusto,* la voy a tirar a la basura.

Esteban detuvo su mano.

—No la tires. Alístate que salimos por dos días.

El portugués no era hombre de sorpresas, más bien metódico, puntual. Hecho de una agenda precisa que le habían dado los años en la televisión y su trabajo en campañas políticas. No había nunca tiempo que perder. En el campo menos. Claro, el fin de semana estaba calculado. ¿Y si ella se negaba? Pero había un brillito en los ojos oscuros de Esteban que le gustaba, se parecía al que acompañó las palabras con las que en París le dijo que se quería quedar con ella, en su cuarto, en su vida, en su piel. La convenció. Igual que ahora.

Habían tomado rumbo al sureste, sin detenerse en Évora, que Alejandra ya conocía. Luego pasaron un letrero que decía Vila de Frades, para tomar por unos caminos estrechos entre el verdor grisáceo de los campos, donde se confundían las viñas con los olivos y los matorrales azul gris. Cincuenta años era medio siglo y a Alejandra le daba pesar la fecha. Agradecía que Esteban no dijera que los festejarían con sus hijos, de quienes ella ya se había distanciado. ¿O le tenía una fiesta sorpresa en medio de la nada? Pero le gustó abandonarse a la incógnita y cumplió con lo que Esteban le pidió: llevar la bolsita de tierra con ella.

De pronto el BMW desaceleró y tomó un camino de tierra que trepaba ligeramente hasta llegar a una construcción vieja. Una casa de campo de otro tiempo. Allí detuvo el coche, le abrió la puerta, extendió la mano para ayudarla a descender y la llevó por la parte delantera, esquivando matorrales, hasta un emparrado seco que apenas atajaba el sol sobre la terraza aquel 19 de septiembre.

—*Voilá* —le dijo de espaldas a la construcción y mirando hacia el paisaje.

Le pidió la bolsa de tierra y la vació sobre el espacio que parecía un jardín descuidado frente a ellos. Alejandra notó que el color quemado de la tierra se perdía en el sustrato. Y comprendió.

—No —exclamó.

—Sí. Es tuya, la tierra y la quinta.

En ese momento le pareció estar en un cuento de hadas. Ella, una niña del barrio de San Jerónimo, de casa confortable en la capital portuguesa, construida por un arquitecto amigo suyo en una colonia residencial de Lisboa, ahora tenía un pedazo de paisaje con castillo que el marido le regalaba. Le dieron ganas de morder la tierra y eso hizo, se agachó al montículo recién vertido y se lo metió a la boca.

—¿Sabe bien? —preguntó Esteban divertido.

—No te voy a dar a probar —espetó con la boca oscura y pastosa—. Es mío.

Cuando Esteban descorchó el espumoso sobre uno de los remates que bordeaban la terraza y que permitían sentarse, Alejandra ya había escupido la tierra y se había limpiado con la manga de la blusa, que tenía destellos marrones, sin adivinar que su vestimenta cambiaría en los próximos diez años. Cada vez más camisas y playeras, menos tacones y maquillaje, pelo recogido, sombrero, tenis.

Juntos dejaron que los ojos lamieran el horizonte: cerros bajos, quietud, una paz muy honda que Alejandra no estuvo segura si temer o aceptar.

—¿Y qué haremos con mi tierra y mi quinta?

—Venir cada fin de semana, hacer nuestro vino, ver las estrellas, hacer el amor.

—Me gusta lo último —dijo Alejandra, envalentonada por el burbujeo.

Y así fue al principio, tuvo que vencer su pereza de salir cada fin de semana y preparar el itacate de comida para la casa de campo. Luego lo empezó a esperar con ansia, luego se dio cuenta de que le gustaba estar ahí, porque cuando Esteban decía que no irían se enrabiaba, pues le había tomado sabor al silencio de las noches, a la posibilidad del horizonte. De leer, caminar, cocinar y no hacer nada también. Allí estaba más cerca de sus padres a quienes seguía extrañando más allá de la muerte. Allí recordó a Renata entre la libertad extraña que le producía el aislamiento: la manera en que les gustaba pasar la noche juntas y contarse cuitas, devaneos y romances.

Cuando descubrió el monograma sobre el dintel de la puerta que daba a la terraza se sorprendió. Una «R» garigoleada. Decidió que bautizaría aquella casa, de muros gruesos y ventanas pequeñas: Renata. Sonaba bien. Había algo con las *tes* y las *erres* que remitía a la palabra *tierra*.

Pero unos meses después se enfureció. En lugar de gastar en boletos de avión para ir a México, de pasar algún invierno entre sus hermanos y amigos, sería la quinta la que los aguardaría para atenderla y para contenerla. Aquel día de la revelación, Esteban la encontró con la pala en mano, escarbando cerca de la raíz del sabino frente a la casa. Hundía el metal con furia y sacaba la tierra. Sudaba y parecía poseída. La tuvo que abrazar por detrás para que se detuviera. No quería hablar, no podía hacerlo. Se encerró en el cuarto y lloró. Esteban le había regalado tierra para que echara raíces, el muy cabrón la había sembrado en el Alentejo, como un olivo más. Cada vez se volvía más de esa península y menos del altiplano mexicano. Lloró vencida porque no tenía remedio. Aquel llanto se metió en el que intentaba contener mientras João las llevaba de regreso a la Quinta Renata.

16

Cuando se apaciguaron las voces y la oscuridad del paisaje entró de lleno en el automóvil, Carla observó de nuevo las manos de João sobre el volante del auto. No sabía si era el efecto del auto compacto o de un volante también pequeño, pero ahora que iban de regreso le parecieron apetecibles y le robaron la concentración. Desde la parte trasera le indicó a Nuria cuánto le gustaban, señalando sus propias manos y apuntando con un dedo detrás del asiento del conductor. Su amiga le dio un leve pellizco en el muslo, como diciendo no seas bárbara. Pero Carla se pasó la mano sobre su muslo deseando las de João y Nuria solo negó con la cabeza. No tenía remedio esa devoción de su amiga por las manos. Eran su perdición, por eso estaba con Íñigo.

Cuando firmó la compra de empaques del negocio de Íñigo, Carla se emocionó más por las manos largas, pulcras y tostadas por el sol, que deslizaban la pluma en el papel, que por la propia transacción. Esas manos la invitaron a comer y le abrieron la puerta del coche cuando aquel hombre la llevó a su departamento. Ella mintió y dijo que no usaba coche porque odiaba manejar, para que él no la regresara al estacionamiento del corporativo donde lo había dejado, para que la llevara a casa y, si se podía, invitarlo a tomar una copa y verlo sostener el vaso con esas manos que tenían que acabar dulces y arrebatadas en su cuerpo. Pero no fue así, no se iba a abalanzar a la primera y menos después de una relación de negocios, cómo se le había ocurrido. Al día siguiente, Íñigo Mosqueira le mandó el auto que había quedado solo en el estacionamiento y que supieron era de la persona que había dicho tener una cita con él. Un chofer la esperó a que saliera del edificio para entregárselo. Primero tuvo temor de un atraco, pensó en un secuestro cuando distinguió sus placas, pero cuando el chofer se identificó y le dijo quién lo mandaba, y reconoció unas flores en el asiento trasero, sonrió para sí. El chofer no quiso ser conducido de regreso, faltaba más, él tomaría su transporte desde ahí y Carla se subió disimulando las ganas de volcarse sobre el ramo y leer la tarjeta que ya había visto colgada entre las rosas malvas. A los pocos semáforos se detuvo. «Creo que olvidaste esto, pero yo no olvido la estupenda comida compartida contigo».

¿Qué se hacía después de recibir una nota así, escrita con aquellas manos? Carla condujo emocionada por las calles entre los edificios, estuvo a punto de chocar, liviana como se sentía, y cuando llegó a la empresa, atendió sin atender asuntos rutinarios. Luego se sirvió un café. Averiguó las condiciones del pedido que recién había firmado y pensó en las manos del licenciado Mosqueira, le había gustado cómo extraían el ostión de la concha nacarada, con delicadeza y voracidad. Le gustaban, dijo él; a ella, no. Así que mientras dejaba que la *burrata* se resbalara por su garganta, observaba el espectáculo del pescador de esos manjares grises y viscosos. «Deberías probarlos». «Mi papá me obligó de niña». «Ah… te recuerdo a tu papá». Se rieron, el mesero vertió la champaña: había que celebrar por lo alto su relación de negocios, dijo él. Y la mano tomaba el fuste de la copa aflautada y ella la seguía hasta los labios de él, ligeramente carnosos y de sonrisa atrabancada. Acabaron contándose sus previas vidas, los dos eran divorciados, él dos veces. «Ya no incurriría», afirmó. «Yo tampoco», mintió ella, pensando en que quería esas manos sobre ella al terminar el día y al empezarlo. «Y si me enjabonas…», dijo traicionada por sus devaneos. «Con gusto», respondió él y se rieron sin explicación mayor.

Lo llamó para agradecerle las flores y excusarse por la mentira del auto. «Odio manejar», mintió de nuevo. «Yo también», coreó él, aceptando el juego. Y cuando quedaron en verse de nuevo al día siguiente, cuando él propuso cenar y acabaron en el departamento de ella, y sus manos, cangrejos, lapas, brisa, lodo, la recorrieron ávidas y cuidadosas, él contestó: «Déjame enjabonarte».

La cabeza se le había ido a aquel inicio sensacional que alimentaba con imaginación, intermitencias, mentiras cómplices, misterios, y cada quien en su casa, por suerte, porque Íñigo vivía con su hijo divorciado. Ya se sabe que la madrastra no es bienvenida y menos si el padre se encierra con ella los domingos hasta tarde y los jóvenes que no acaban de asumir su vida le reprochan ser un hombre deseoso con hembra joven que les roba el tiempo, y tal vez acabe llevándose la fortuna que ellos piensan que él posee. Ella puso las reglas: «Pernoctamos en mi casa o en hoteles; en la tuya, no». Íñigo alquiló un *penthouse* en Polanco y se encargó de que alguien lo tuviera limpio y listo. Ahí acampaban los fines de semana y alguna mañana robada al trabajo. Carla miró de nuevo las manos de dedos gruesos de João y sonriendo pensó que era bueno que el deseo no se apagara con los años. Las imaginó decididas sobre su nuca, doblándola a su merced. Debió haber emitido un pequeño sonido, pues Nuria la miró.

Carla ni cuenta se dio, porque la nube Joaquín atravesó sus evocaciones, ahora que el auto tomaba el camino terroso que ya conducía a la entrada del hotel Quinta Renata. Las de Joaquín eran manos pequeñas y complacientes, pero dóciles. Sabían acariciar su cabeza cuando llegaban los *blunchies* que ella misma bautizó. Tal vez las manos tenían muchas facetas y podían ser monstruos o larvas según la tierra que recorrieran. El auto dio un brinco más fuerte, João se disculpó al tiempo que bajaba la mano al muslo de Alejandra. Carla comprendió y envidió las posibilidades de la noche. Nuria y ella descendieron en los cuartos del hotel mientras el auto compacto y las manos de João se alejaban hacia la casa grande.

17

La separación de las piernas flexionadas no era mucha, tal vez la distancia del codo a la mano. Habían abierto un poco sus rodillas para que el campo de acción fuera mayor y una voz mecánica, sofocada por el tapabocas azul, había dicho: «Flojita, pasa pronto». Leonel no había entrado, tal vez veía una revista en la sala de espera o daba vueltas, impaciente por fumar. Tal vez fumaba. Pensaba en él solo porque tenía miedo y, aunque pensaba como él, en ese momento lo odiaba por no haberla disuadido.

¿Hacia dónde se mira en esos momentos? La pintura desigual en el techo, dos brochazos recientes cubriendo algo, como el tapabocas que cubría media cara de la doctora, si acaso era doctora, porque Nuria solo sabía el domicilio (que era mucho) y algo que no le decían sus ojos, ausentes, afanosos. En lugar de que le dieran alivio, parecían buscar el dinero que estaba en su pubis, entre las piernas abiertas de Nuria. Los ojos arriba para no mirar la sábana que tapaba sus piernas ni el instrumental de la mesa, cuya forma imaginaba por la manera en que el metal helado separaba sus labios, dilataba su adentro, tiraba de algo. Ruidos de piezas colocadas en la charola como cuando sus padres estaban en casa y entonces la chica recogía todo en charolas de plata, impecables, protegidas con un lienzo deshilado. Reliquias de casa, regocijos de familia, tumulto alrededor de la mesa. Vino y agua de jamaica, y la risa de papá retumbando en los vidrios que daban al jardín, donde las hortensias de mamá se sonrojaban por la risa vulgar mientras sonreía como si su marido les hubiera ganado una batalla a ella y a sus propios padres:

«Me casé con un hombrón que expresa sus emociones, un hombre sin cuna, un hombre inteligentísimo, al que no puedo dejar solo, no me vaya a desparramar la risa en hortensias ajenas». A qué venía ese pensamiento indebido, malquistado, en medio de las lágrimas que le escurrían desarropadas por la esquina de los ojos, mientras sus rodillas intentaban juntarse protegiéndose del embate. «¿Por qué no dijiste que sí, que la vida mandaba y nos volvíamos padres?». Tantas veces se había quedado Leonel en su casa fingiendo, cuando la chica subía a limpiar, que cada cual había ocupado una habitación diferente. Fingían para ella o para la mirada de su madre entre las cosas. Nada más oían a Enedina barrer las hojas del patio, reconocían la señal y Leonel partía con la ropa arrugada contra el cuerpo desnudo. Tan evidente el trasiego sobre la cama de Nuria que las sábanas se cambiaban más a menudo sin que mediaran palabras, más que el reclamo de Enedina: «Otra vez se quedó el señor», cuando Nuria aparecía en la cocina. «Sí, tenemos que acabar nuestro trabajo». Como si Enedina no supiera lo que pasaba, como si no reconociera en la palidez de Nuria, cuando regresaron esa mañana, lo que había sucedido. Entonces el caldo en la cama y la pregunta: «El señor Leonel se va a quedar, ¿verdad?», como una súplica, porque Nuria no solo estaba adormilada y blanca, sino que no hablaba cuando se le preguntaba qué quería. «¿Les habló a sus papás?». Nuria la miró con la tristeza hamacada en los párpados. Abrazó a su niña, porque así le decía desde que la conoció a los trece años y aguantó sus desplantes y sus cambios y su ternura, una muchacha que necesitaba a sus padres más de lo que ellos imaginaban, pero para eso estaba ella allí, le dijo un día y le volvió a decir mientras dejaba que su llanto cayera en el hombro y el cuerpo se agitaba todo y Leonel volvía con los antibióticos que la doctora ojos fríos había mandado.

«Procure descansar, puede sangrar un poco. Uno de estos cada ocho horas». Se los apuntó en un papel cualquiera, para no dejar su nombre en una receta, para que nadie fuera a decir que lo que ocurriera después era culpa suya. El edificio verde que hacía esquina en Insurgentes, donde dos calles confluían, parecía tan inocente y callado: la cafetería abajo, el alcohol, las pinzas, los basureros con embriones y gasas, y el llanto invisible de las madres arriba. Una propina extra al señor de la basura porque: «Oiga, esto huele feo, aquí hay gato encerrado», y la asistente que decía: «Es niño», imprudente, y otros cien pesos y cada semana igual, porque el olor no iba a parar. Allí seguía el edificio. Nuria conducía siempre tensa cuando pasaba frente a él. Solo ella y Leonel lo sabían, y ahora ese sueño tan vívido que la despertaba con el gusto ácido en la boca. Estiró el brazo e hizo a un lado la cortina. Miró el boquete negro de los viñedos, que por la noche podían ser cualquier cosa. Enemigos también.

Tomó el celular de la mesilla porque quería recuperar el sosiego, y aunque sabía que el aparato no se lo devolvería, por lo menos la haría pensar en otra cosa. O tal vez podría marcarle a Leonel, aunque viviera con otra mujer, necesitaba decirle que la pesadilla había vuelto. «¿Fumabas mientras yo estaba adentro con las rodillas separadas?». Necesitaba que la acompañara, sabía que si le decía: «¿Te acuerdas del edificio verde de Insurgentes?», él diría que sí y con su silencio al otro lado del aparato le estaría tomando la mano, acariciando el vientre sin propósito como hizo los siguientes días en que no fue a la universidad ni a ningún lado intentando contener su tristeza. «Lo perdimos», dijo un día, abatido por el silencio hostil de Nuria. «No vivía en tu cuerpo», hubiera dicho Nuria, pero entonces no tenía las palabras. No lo comprendió hasta que se embarazó de Darío. Un hijo deseado, el momento oportuno. Viviendo juntos, trabajando, planeando. Nada al garete. Un hijo vive en el cuerpo de su madre, la multiplica y la implica.

Sobre la pantalla, donde aparecía la foto de sus hijos tomada la Navidad pasada, el anuncio de la llamada perdida de Milena. Dio clic, eran siete llamadas perdidas. No había escuchado una sola. Hacía solo media hora de ellas, las separaban segundos o minutos apenas. Se alarmó. Eran las cuatro de la mañana, las nueve de la noche en México. El teléfono sonaba, la voz pidiendo dejar el mensaje entraba y Nuria colgaba y volvía a marcar. No mediaba ni un minuto entre uno y otro intento desesperado. Tal vez el sueño era un presagio de algo. Su pequeña embarazada y ella allá celebrando con sus amigas, como si no lo hubiera hecho lo suficiente cuando era soltera, cuando vivían Leonel y ella juntos, y tenían amigos en casa. Milena la necesitaba y ella envuelta en vides y cantos entre hombres que tenían a sus familias en aquellos pueblos del Alentejo. Egoísta.

Marcó de nuevo. Mandó un mensaje cuando vio que no había ninguno que le aclarara la razón de las llamadas. «¿Qué pasa, nena, estás bien?». Ocho meses, no era momento para irse. Uno se queda en casa. Y Leonel, ¿sabría algo? ¿Para qué se le había ocurrido mudarse a Ensenada y venir a este viaje?

Le marcó a su exmarido. Contestó una mujer. Aliviada, dijo: «Hija, ¿cómo estás?». «Soy Marcia». Colgó, cobarde. Y le pareció ridículo volver a marcar. Pero quería hacerlo. «Marcia, no sé nada de Milena y tengo varias llamadas. ¿Me pasas a Leonel?». Si pasara algo, su ex la llamaría. ¿Marcia le diría que había llamado o solo sonreiría: «Tu exmujer está loca, se le notaba en la voz. ¿Sigue alcoholizándose?». Porque Marcia era cristiana, Leonel bebía a escondidas, se lo dijo él. Llamó a la aerolínea, para ver si podía cambiar el boleto de avión. Le pareció que entraba una llamada y colgó cuando el joven que la atendía le iba a dar la información. Era un mensaje, el poema diario que un amigo escritor mandaba a una cadena de contactos. A veces lo leía. Ese día no.

No sabía cómo era que se había quedado dormida, lo advirtió cuando vio a Alejandra y a Carla en su cuarto. Carla llevaba el café en la mano.

—Nos preocupaste.

—Y ya acabó la hora del desayuno. —Alejandra sonrió para ahuyentar la sombra en el semblante confundido de Nuria.

Hizo la cortina a un lado mientras se recargaba en la cabecera. El sol de las diez caía blanco sobre el verdor de los arbustos alineados.

Las dos se sentaron en la cama contigua.

—¿Te sientes bien? —preguntó Alejandra.

—¿Qué?, ¿son doctoras? —contestó Nuria, áspera.

Entonces recordó las llamadas sin respuesta y les mostró las llamadas de Milena.

—Me voy a regresar.

Carla le acercó el café a la mesilla.

—Con un poco de leche, como te gusta.

—Necesito saber si está bien.

—¿Tú crees que si algo pasara no tendríamos llamadas nosotras también? —La consoló Alejandra—. Recuerda que ella me bautizó como tía favorita cuando estuvo en Lisboa con sus amigas en el viaje mochilero.

Nuria dio un sorbo al café, justo como le gustaba y bien caliente. Dejó que el líquido entibiara sus entrañas, que llegara lento hasta las vísceras y se llevara el recuerdo frío del instrumental hurgando en su cuerpo.

—Va a ser madre —dijo de pronto, dulcificada.

—Y tú, abuela.

—La primera abuela del grupo —enfatizó Carla—. Y por lo visto la única.

Mientras la mirada de Nuria se perdía en el paisaje frente al ventanal, Alejandra dijo:

—También Renata pudo ser abuela.

18

Escuchó los pasos firmes. Habían llegado. Luego Esteban la llamó. No contestó, ¿era acaso necesario hacer evidente que estaba en el baño? Jaló al escusado y si hubo más palabras el ruido del agua se las llevó. Se tomó del lavabo y se miró en el espejo empañado. Mejor, así no descifraría su gesto, seguramente entre repulsión y temor. Estaba atrapada. Escuchó las voces de Esteban y Mario, el corazón latió desbocado. ¿Cuántos años tendría? No lo había visto en diez, estaría cercano a los cuarenta. Su mano latió con fuerza y encendió de nuevo la ducha. Oyó los toquidos de Esteban en la puerta.

—Alejandra, ya estamos aquí.

No respondería, el sonido de la ducha era una buena coartada. Le pareció que le daba una explicación a Mario y luego intentaba de nuevo hacerse oír a través de la madera de la puerta:

—Vamos a la bodega —explicó su marido, mientras ella se metía de lleno bajo el agua, sin importar que el pelo se mojara y tuviera que usar el secador de nuevo. Las canas ya se anunciaban en la raya que partía su melena de lado. ¿Y si se las dejaba? Ahora que pasaba más tiempo en el Alentejo, qué importaba esa presunción de edad que le tomaba tanto tiempo.

El agua caía franca y disipaba el temor de estar frente a Mario de nuevo. Se había ido a vivir con una chica a Porto, era lo último que sabía. También que su madre estaba en una casa de ancianos, la primera mujer de Esteban era mayor que él. Tal vez estaba en familia lo de la diferencia de edades, había bromeado en aquella borrachera con su hijastro, a las pocas semanas de que Esteban le regalara la quinta. Una comida en familia, Ricardo con su esposa, el hermano de Esteban y Mario. Esteban cocinó espectacular y no permitió que ella se parara de la mesa. Bajo el emparrado que aún carecía de suficiente fronda, el sol latigaba la piel. Mario le señaló el enrojecimiento en el escote desde el otro lado de la mesa y ella miró lo que la blusa holgada de lino blanco permitía: el nacimiento de sus senos apiñonados y luego al chico, sonrojada. Mario sonrió y levantó la copa con sus veintinueve años encima. Lo miró pensando en ella cuando aún tenía esa sonrisa transparente, ese desparpajo irresponsable, a su llegada a Lisboa.

El tiempo había pasado, aquellos niños de siete y cinco años crecieron, y a Mario a los diecisiete años le gustaba quedarse en casa a ayudarle. Ricardo siempre fue más de su madre o de los amigos. Mientras su padre trabajaba, Mario y ella preparaban la cena y se tiraban a ver la televisión en el sofá del estudio con los pies descalzos subidos a la mesa, contraviniendo a Esteban, que no los veía. Mario la regresaba a esos días escolares, cerca de Renata, cuando se pintaban las uñas de los pies la una a la otra y las escondían en las calcetas porque estaba prohibido lucir esmalte en casa de Alejandra y en la escuela; en cualquier reunión las dos aprovechaban para mostrarlas mientras se descalzaban y dejaban al aire las piernas que apenas cubría la minifalda. Ellas presumían el rosa nacarado del esmalte, ellos miraban sus pantorrillas, sus muslos. Los de Alejandra esbeltos y tostados, los de Renata pecosos y prohibidos. Ellas seguían bailando hasta que alguno de la fiesta elegía estar con Renata y las separaban. En esa casa del Pedregal era fácil perderse en los pasillos y las muchas puertas, las cubas, que le habían dicho a Alejandra que estaba prohibido beberlas, y «Black is Black», provocando el aire. Ya no era fácil encontrar a Renata. De regreso las llevaría la mamá de Araceli, así habían pactado con mucha dificultad para que la dejaran ir, Renata dormiría en casa de Alejandra, como solía suceder después de las fiestas, pero no aparecía. Araceli entretuvo a su mamá mientras Alejandra, con los pies enfundados de nuevo en las medias de color y el zapato haciendo juego, recorría los espacios de aquella casa extendida donde la alfombra peluda apagaba los ruidos. Abrió cada habitación, temerosa de invadir a la familia. Y solo al final, en aquello que parecía un clóset de blancos, vio dos siluetas de pie, la respiración agitada. Entrecerró la puerta y desde la rendija dijo: «Renata, ya vinieron por nosotras». Pero su amiga no contestó y Araceli ya venía por el pasillo. «Vámonos, mi madre está que trina, ¿la encontraste?». «No», contestó decidida.

La espuma del shampoo escurría por sus hombros y los senos que habían perdido su respingo, y se esparcía después en su torso, más grueso pero aún con la cintura marcada. Nada parecido al cuerpo de sus treinta y muchos, cuando Mario la miraba sin atreverse a nada, con una especie de devoción muy atractiva para ella, peligrosa para los dos. Pero ella estaba en control. Se puso shampoo por tercera vez, desconectada del tiempo y de la temperatura del agua, que empezaba a enfriarse. Esteban había instalado fotoceldas que duraban poco. Entre los estudios universitarios de los jóvenes y la relación distante que impuso la madre, no había visto a Mario hasta aquella reunión de estreno de la Quinta Renata.

Mario ya no era el adolescente que cuando se sentía descubierto mirándola, se ponía nervioso. A través de la mesa, sorteando las botellas de vino vacías, los platos con empanada y pulpo, la miraba insolente. Y a ella le gustaba aquel juego. Tal vez el vino la envalentonaba, junto con la noche fresca y los hombros descubiertos de su vestido, tal vez necesitaba que otros ojos lamieran su piel. Esteban iba y venía a la cocina, les mostraba a los otros los muros anchos y aislantes de la casa, la terraza trasera que daba a los olivos y donde pensaba poner naranjos en el espacio que mediaba entre la casa y los árboles aceituneros. Alejandra se movía cada vez menos, arrullada por la embriaguez suave de aquel espumoso con el que remataban las tertulias y entonada con los ojos atrevidos de su hijastro. Lo pensó hombre que vivía con su pareja, como ella. ¿Qué peligro había en el flirteo silencioso con una mesa de por medio?, ¿en el lenguaje sin consecuencias?

Se pasó el jabón por las piernas y las pantorrillas como si no lo hubiera hecho minutos antes, puso atención en la flacidez de la cara interna de sus muslos. Se gustaba más vestida. Podría dedicarse a cultivar su físico, a cuidarlo como Carla, pero el campo la demandaba y esa obsesión con el mantenimiento de la esbeltez juvenil no era lo suyo. Sus hombros y sus brazos por el contrario parecían pertenecer a la Alejandra del pasado, la de los vestidos descubiertos.

Los habían dejado solos, la mesa de por medio y Mario brindando con la copa alzada. «Sigues guapa», se atrevió. «Y tú ya no eres un adolescente», devolvió ella. Las palabras tensaron un lazo lúbrico que sorteaba los restos de la cena. Pero ella no pensaba moverse, le gustaba el placer que alborotaba su cuerpo. Eso era suficiente. Así le había parecido porque después regresaron todos a la mesa y llenaron de baches ese concierto de miradas. Fue de noche cuando ella se levantó a la cocina por un vaso de agua y le pareció ver una silueta en la terraza de los olivos. El cuello poderoso y el cabello rizado lo delataban. Salió a la terraza con sigilo. Se colocó a su lado rozando sus brazos y en voz muy baja le preguntó qué miraba. Mario no se sobresaltó, como si la esperara contestó: «Casiopea».

Alejandra acompañó su mirada al cielo. Llevaba la bata suave de las noches de calor, él estaba en shorts y playera. Y todo parecía muy familiar, como las noches de ver televisión en la casa de Lisboa los dos tirados en el sillón. No tenían que haberse mirado, porque sus bocas se juntaron con naturalidad: con más entendimiento que otra cosa. Alejandra se hubiera quedado allí, adherida a la carnosidad dulce de los labios de Mario, con los ojos cerrados. Temía lo que la mirada diría, pero tan pronto se despegaron las bocas, Mario tomó su mano y volvió a la explicación celeste. «Murió castigada». Ella quería decirle que aquello no podía suceder, pero no tuvo el valor de desatar el momento y aceptó el preludio de los días por venir. Cuando Mario la dejó en la puerta de su cuarto con el sigilo necesario, acarició sus labios por despedida. En la cama al lado de Esteban, Alejandra quiso disimular su respiración desquiciada, el contento de la piel, la bienvenida del deseo.

Y ahora tendría que salir al mundo, cerrar la llave del agua y aceptar otros sonidos, el de su voz saludándola, como si no hubiera sido un esfuerzo no verse más, y ella escudriñando los cambios en su pelo, su mirada, su cuerpo embarnecido. Qué triste había sido la renuncia. La presencia de Mario podía remover el agua estancada, despertar aromas que tal vez estaban muertos, o constatar las caducidades. ¿Dónde habría puesto Mario el ansia con la que se encontraban en cualquier lado: el prado al fondo de los olivos, las habitaciones derruidas de la San Cucufato, el auto? «Esto no puede pasar», había dicho, pero pasaba. Tan absorta estaba que no notó el ruido atenuado de la puerta ni los pasos, hasta que cerró la llave del agua y abrió la cortina y enfrentó con su desnudez a Mario.

La voz de Esteban la llamaba desde el pasillo; Mario salió con el mismo sigilo de su intromisión.

19

Carla contemplaba el sol tenue marinar los viñedos; debió haberse levantado temprano para trotar, como era su costumbre. Trotar, la palabra tenía el sonido de ese movimiento de articulaciones apisonando la tierra. Los viñedos no invitaban al trote, los senderos no eran tan anchos, pedían un andar brioso si acaso. O mirarlos, como lo hacía sentada en flor de loto en la cama, por la ventana que ocupaba todo el muro. Parecía un escenario obligado para la meditación y ella abominaba semejantes actividades, más propias de Nuria, que quería comulgar con la energía de las plantas, las nubes, las cosas y las personas. Venir hasta Portugal para resucitar a una muerta le sabía mal. También le sabía mal externar esa sensación. Después de todo, era una tragedia, una muerte violenta que cercenó una vida joven. Pudo ser cualquiera de ellas. Y después de treinta años hacía tiempo que la había enterrado, con su pelo corto y sus cejas sin depilar, con su boca saltona y su mueca pícara, con sus ojos dormilones como de estar más allá de lo mundano pero dispuesta al placer.

Había envidiado lo que Alejandra y ella eran capaces de hacer, sobre todo cuando se enteró de Acapulco. Recién habían salido de la prepa y se veían de cuando en cuando intentando que la cofradía no se deshiciera, mientras Nuria esperaba entrar a la universidad, ella hacía los exámenes para irse a UC Davies, donde no fue; Renata, sus clases de teatro; y Alejandra tomaba el propedéutico de comunicación en la vieja Ibero, que, quién lo iba a decir, también padeció el temblor que obligó a cambiar el plantel a sus nuevos rumbos en Santa Fe. Aún la vida no se había salido de la Zona Rosa, donde el

Auseba era punto de reunión. Y fue precisamente que Alejandra y Renata no llegaran a la tertulia de un jueves lo que alertó a Nuria y a Carla. De haber estado en la prepa, lo habrían sabido desde el lunes, pero como el pacto de los jueves era cita obligada y, de faltar alguna, ella avisaba a las demás, les pareció extraño. Lo supieron cuando les prestaron el teléfono en el café y hablaron a casa de Alejandra y nadie respondió, y por fin en casa de Renata la madre contestó. Dijo que las habían trasladado al Hospital Español. ¿Trasladado? Y la madre mal pronunció el lugar del accidente, Chilpancingo, como luego descifraron. Sacaron el coche del estacionamiento y Carla condujo nerviosa, Nuria le decía que respirara profundo, que ya estaban en camino a ver a sus amigas, cada vez que pisaba el freno con brusquedad intentando borrar los coches de Reforma. ¿Trasladado de Chilpancingo? ¿Qué hacían allá? Lo sabrían en la sala de espera. El hermano de Alejandra explicó, con más aplomo que sus padres, ante la descarga de preguntas.

«¿Cómo están?», precisó Nuria. «Vivas», sonrió Hugo, que trataba de ser simpático. «Mis papás creían que Ale estaba en casa de Renata, y los de Renata, que en nuestra casa, pero andaban en Acapulco».

Cuando pudieron entrar a verlas, Alejandra tenía enyesado el brazo izquierdo y un collarín. Renata un parche en la cara, sostenido por vendas que daban vuelta a la cabeza. Se habían salvado en la volcadura, el dueño del Mustang al que habían pedido aventón estaba grave. Renata dijo que se llamaba Andrés y luego lo confirmaron cuando atestiguó en su favor, los padres de Alejandra lo querían demandar cuando supieron que su hija estuvo dos días inconsciente en la Cruz Roja de Chilpancingo. En el fondo debían demandarlas a ellas, por mentir, por irse de aventón con un desconocido, por casi morirse, por darles ese susto. La rusa solo acertaba a decir que la cara de su hija se había estropeado para siempre, pero lo cierto era que la cicatriz, una coma desde el rabillo del ojo derecho al pómulo, le daba un aire interesante.

El desconocido Andrés pasó meses en el hospital recuperándose de la rotura de cadera y de la punción de pulmón que las costillas le provocaron. Como a Alejandra le prohibieron ver a su amiga, y solo podía salir de casa con sus padres o Hugo, no pudo hacer lo que

Renata. Ella lo visitó un día sí y un día no, y para aliviar su tedio le leyó en voz alta un cuento de Chéjov en cada visita. «Antes de que acabemos el libro estarás afuera». Ella sabía que había cuentos para rato, «casi trescientos», le dijo su padre, lector de los rusos clásicos, que se había enamorado de esa eslava —su espiga de trigo— cuando actuó *Tío Vania*. Pero aún Chéjov salvaba a Renata y le daba propósito a sus días, que la encaminaban hacia el mismo rumbo que la familia, como una maldición insalvable: el teatro. Supieron de sus visitas al joven del Mustang por los jueves en que se reunían las tres, sin Alejandra, que aún estaba castigada aunque tuviera dieciocho años.

Un día Renata llegó para la lectura de las doce del día y vio el cuarto vacío, ningún nombre en la pizarra. Sintió un vuelco como el que le produjo la visión del tráiler frente a ellos en la carretera, mientras Andrés daba el volantazo para evitarlo y el coche se desviaba a la cuneta dando tumbos entre la hierba lechosa e indefinida. Una enfermera se acercó a ella cuando la vio recargarse en la pared, pálida como su uniforme. «El paciente fue dado de alta». Renata suspiró aliviada y sintió el peso inútil de la edición de Aguilar de los cuentos reunidos de Anton Chéjov. La enfermera preguntó si Andrés Ramírez era su pariente; no lo era, pero era alguien que cada tercer día la necesitaba. Eso creía. No había dejado ninguna nota para ella, no le podían dar su domicilio ni su teléfono. Las monjas del pasillo la miraron con recelo, preocupadas por haberle permitido la entrada a una desconocida tantos meses. Avisaron a los guardias de seguridad: les pareció rara la manera en que Renata insistía por información sobre el recién dado de alta, su mirada desconcertada, su paso zigzagueante por el pasillo. Cuando la catearon, le quitaron aquel libro gordo que seguramente se había robado del cuarto del paciente. Insistió en que leyeran su nombre en la primera página, que los cuentos de Chéjov eran de ella. Se sentó en el escalón, rabiosa. «Yo estuve en el accidente de Chilpancingo», soltó para ignorancia de los guardias.

Carla sintió las piernas entumidas, debía moverse. Se ató los tenis y dejó que el sol picante cayera en sus brazos, la gorra protegía su cara. No quería que Nuria se le sumara, así que salió por la puerta de enfrente y no por el ventanal que se descorría hacia las vides. Desde ahí le pareció ver el auto de Esteban. No tenía ganas de voces ni de estar ahí. Dio una vuelta larga para quedar fuera de la mira de Nuria y de la casa, y echó a andar por los viñedos. No trotaría, aunque caminar la obligaba a pensar. Cuando supo del accidente sintió un sabor ácido en la boca, la vulnerabilidad era un hecho, pero sobre todo pensó que ella era cobarde. Que nunca se le había ocurrido estar lejos de la esfera familiar que incluía a Joaquín. Les envidió ese coraje y hasta el accidente que las distinguía del resto de las compañeras del colegio. Y más aún cuando Renata le contó que en el estreno de *Tío Vania*, que ella también representó, una vez que se quitó el maquillaje y cambió el atuendo del siglo XIX por los pantalones de mezclilla, un joven con un ramo de flores se le acercó en el vestíbulo casi desierto. Llevaba un bastón. Lo reconoció de inmediato: era Andrés.

La temeridad podía devolver cosas buenas, pero ahí, en medio del campo alentejano, lo único que Carla sentía era el desafío del pasado, el regreso de la ausente. Volteó a su alrededor, la marejada de vides le quitó el aire. El corazón le latió desbocado, se acuclilló sobre la tierra y abrazó sus piernas mientras hundía la cabeza en ellas. No podía enfrentar la vastedad. Tampoco pudo acercarse al lugar en el panteón de San Lorenzo donde habían enterrado los cuerpos indistintos, a donde fueron a parar los no identificados, los no reclamados, los que podían ser cualquiera de los muertos del temblor del 85. Ahí acudían los que no sabían dónde despedir a sus deudos. Nunca había estado en esa parte de la ciudad. Vio el tumulto desde lejos y le pareció reconocer a Nuria y a Leonel, dio media vuelta y regresó a su coche. Manejó a Liverpool y compró perfumes y maquillajes y cremas y regresó a casa tranquila.

Tuvo ganas de irse a Lisboa, se iría con Esteban en cuanto él partiera para traer a la hija de Renata. Se hospedaría en un hotel en el centro, quería calles y ruido. No estaba para resucitar su cobardía ni revivir su único acto de afrenta, cuando intentó tomar las riendas de su vida, justo cuando esta se le escapaba. Esa Carla que olfateó la deslealtad con el hueco en la cama y tomó el coche a medianoche, y cuando descubrió el auto de Joaquín tuvo la fuerza de tocar el timbre una y otra vez. «Que dieran la cara, cabrones».

Esa versión de ella le gustaba.

20

Bajo la luz del sol de mediodía, la mesa tenía el aspecto de un set. La luz era demasiado blanca y el emparrado apenas la tamizaba. Nuria y Carla se sorprendían de su desnudez y del silencio. Sabían que Esteban era estricto con los horarios de comida. Era una regla que no se quebraba en esa casa, les había contado Alejandra, por eso cuando estaba sola en la quinta se regodeaba de poder cenar y comer a la hora que a ella se le pegara la gana. Solo en esos momentos conquistaba esa libertad. Nuria y Carla habían discutido el tema, les parecía una rara conquista. Casi trivial. ¿Ocurriría eso cuando se tenía lo demás resuelto? ¿Sería esa la medida de las cosas que se decidían?, ¿los horarios de comida, por ejemplo?

Vieron la camioneta de Esteban, por eso sabían que no habían ido a ninguna parte. También recibieron el mensaje de su amiga que decía que las esperaba a la una en la quinta para comer. Les daba la mañana libre, dijo para su sorpresa. Y la verdad era que a Carla el deseo intempestivo de dejar las vides, y a Nuria de quedarse en el cuarto viendo una película en la computadora les vino de perlas. Carla consideró que quedaban pocos días y Nuria recuperó sus ganas de conversación. Cuando se habla todo el día durante muchos días, se empieza a extrañar cierta intimidad. El silencio las había puesto en su sitio de nuevo.

Nuria vivía esos silencios desde que se había ido a Ensenada: simplemente descorría la cortina y le tocaba ver el mar. Los quebraba cuando iba al súper, con los pescadores, al ciclo de charlas sobre enología, luego al curso de cultivo de mejillones, luego al de *reiki*. Lo suyo eran los cursos. El último fue el de tango. Bailar tango. También rompía el silencio con la presencia de los amantes ocasionales, que a veces le alegraban el despertar, otras le estorbaban. Y hasta ahora a nadie le había permitido instalarse. No estaba clara de si alguna vez lo haría. Lo ocasional era su medida. Tenía un amigo, Daniel, un buen amigo de la universidad, que ahora trabajaba en un instituto de investigación en Ensenada. Hacían viajes cortos juntos. La camioneta de él era muy cómoda y a Nuria no le gustaba manejar en carretera. Daniel era discreto, simpático, la cantidad de conversación que ella precisaba; odiaba las reuniones de más de tres y su cojera le estorbaba para caminar largas distancias. En San Felipe comían camarones. Si iban a los viñedos, él se quedaba esperando en una mesa mientras Nuria se perdía entre las filas de cultivo; si iban a San Diego él se metía al bar o al cine del centro comercial mientras Nuria compraba. Así había sido la última vez porque su nieta iba a nacer, porque su hija estaba embarazada. Llegó cargada de paquetes al restaurante donde se habían quedado de ver en la plaza, los soltó en la silla al lado de Daniel y ella se dejó caer en otra. Su amigo llamó al mesero y pidió dos cervezas.

—Esto de que se estrene una vida es trabajo. Ya no sé qué se necesita, cuánta ropa para cada mes, qué tan rápido crecen. La ropa de embarazada es diferente, ahora son camisetas normales, embarradas, preciosas, no tiendas de campaña como las que llevábamos.
—Luego suspiró y en seguida se echó a llorar.

Daniel extendió su mano larga y fina a través de la mesa y tomó la suya. Nuria la apretó. Con la otra buscó los lentes oscuros en la bolsa y se escondió tras ellos. La boca titiritando delataba algo que se desparramaba más allá de su voluntad.

Cuando le dio el trago reconfortante a la cerveza se disculpó:
—Debería estar feliz.
—Lo estás —respondió él.

Así de claro, Daniel dijo las palabras mágicas: estaba feliz, nerviosa, emocionada, como si fuera ella de nuevo esa madre inexperta que reconoce la responsabilidad y el pacto amoroso de llevar una vida en el cuerpo.

—Tal vez me regrese a la ciudad. —Daniel dio un trago largo, el bigote se le tiñó de espuma.

—¿No te estorba? —Nuria señaló.

—Da trabajo mantenerlo de buen tamaño y forma.

—Nada da más trabajo que las compras. —Se burló Nuria de ella misma.

—Regresa a apoyar un tiempo: el arranque. Cuando más necesaria puedes ser. Luego te pueden visitar acá. —Intentó aconsejarla Daniel—. Las abuelas no son de tiempo completo.

Nuria sintió la frescura de la cerveza, ese amargor preciso que quitaba la sed como nada. Daniel le recordó a su padre: seguramente esas serían sus palabras. Justas y claras: siempre la centraban.

Carla y Nuria buscaron ansiosas las huellas de la familia. Las recámaras las encontraron cerradas, entraron a la cocina y allí estaba una nota y dos copas de jerez servidas como aperitivo para la caminata. Las esperaban en la bodega. Hacía demasiado calor y comerían allá. Un platito de almendras mediaba entre las dos copas pequeñas. Esa estación preparada para ellas les indicaba que no había prisa, así que se sentaron en los bancos frente a la mesa de la cocina, donde había huellas de la preparación de lo que seguramente comerían: una cebolla a medias, la botella de aceite de oliva, migas de pan sobre una tabla.

—Joaquín nunca fue un marido como Esteban —dijo Carla.

—Los niños bien mexicanos no cocinaban. Tampoco sus mamás: había muchachas. —La centró Nuria.

—Era un niño estropeado pero dulce.

Nuria se sorprendió.

—Hacía mucho que no te oía hablar bien de Joaquín.

Carla también se sorprendió de su benevolencia, Renata la estaba haciendo mirar atrás del rencor. Pero no se soltaría de la lengua ni de las emociones, en realidad, se había vuelto desconfiada de todos. A Nuria no le había vuelto a abrir su corazón, se habían acompañado esos treinta años en eventos importantes, los cumpleaños, las inauguraciones, alguna comida esporádica. Todo para ponerse al tanto, como *bulletin board*. No querían bajarse del corcho donde aparecían juntas, pero hablar desde la entraña dejó de ser lo suyo. El 85 también había enterrado la amistad desenfadada por una continuidad cuidadosa. Sin Alejandra y sin Renata se habían mirado poco, solo ahora caía en cuenta de ello.

—¿Leonel cocinaba?

—En su casa su mamá era quien cocinaba y él aprendió. Hace los mejores chiles rellenos. ¿No los probaste en nuestra casa?

Los padres de Carla no podían creer que la hija de un diplomático se casase con un hombre al que llamaron «de pueblo». Carla misma tuvo problemas al principio con las costumbres de Leonel en la mesa: la servilleta permanecía intacta durante la comida, nunca en el regazo, los cubiertos desacomodados sobre el plato al terminar. Claro que recordaba esa comida con los chiles rellenos y le pareció asombroso que también Joaquín se integrara sin problema con Leonel, que se vieran para comer en una cantina una vez por semana. Joaquín era tan ligero, tan fácil, que había permitido que el destino se lo tejieran otros: dirigir la importadora de instrumental quirúrgico de la familia, casarse con la hija de los amigos del padre, hacerse amigo de las parejas de sus amigas.

—Me caía bien Joaquín, nos caía bien. A veces lo extraño.

—¿Preferías verlo a él que a mí?

Nuria pensó dos veces lo que iba a decir, quizás porque el jerez y el recuerdo de Daniel y su claridad le habían dado confianza para expresarse:

—Transparentaba el corazón. Y aún me cuesta mirar el tuyo.

Carla se acabó el jerez.

—Nos esperan. —Se escuchó a sí misma, odiando otra vez su cobardía.

Nuria terminó su copa y alcanzó a su amiga, que ya abría la puerta. Allí estaba el perchero atiborrado de sombreros.

—Toma uno —le dijo Carla—. El sol está bravo. —Y cogiendo uno para sí, echaron a andar.

Nada más entrar a la bodega las esperaba una mesa bien puesta, junto a las dos enormes tallas de barro. El olor a fermento y el frescor que exhalaban las ánforas repletas de uvas les dieron la sensación de estar en otro lado, aunque solo habían caminado medio kilómetro, si acaso. Venían sofocadas porque el sol de verano era una aplanadora, en cambio, Alejandra, Esteban y el hombre joven que los acompañaba lucían serenos.

—¿Trajeron todo esto a pie? —preguntó Nuria, despojándose del sombrero y revelando el sudor bajo él.

Esteban señaló una bicicleta de montaña con una canastilla amplia recargada en la pared.

—De todos modos, hay que pedalear —agregó el muchacho y se presentó—. Mario, deben ser las chicas mexicanas.

—Eso fue fácil de adivinar —dijo Carla—. Y tú debes ser el hijo de Esteban. Nosotras, las coloradas mexicanas, somos Nuria, aquí a mi lado, y yo Carla.

—Te falto el «servidora» —dijo Nuria—. Hola, Mario; hola, Esteban.

—Y a mí que me muerda un perro. —Se rebeló Alejandra.

Sentada en la cabecera, entre Esteban y Mario, le notaron una alegría como la de sus reuniones en el Auseba. Carla pensó en la travesura de Acapulco; Nuria, en las veces que la miraba en la pantalla de televisión sin creer que fuera la misma que había sido su compañera de clases.

—Te sienta bien la atmósfera de la bodega —le dijo Nuria—. A ver si se nos pega.

—No lo necesitan —dijo Mario, coqueto, y luego miró a Alejandra con cierto orgullo, como si él hubiera puesto su grano de arena.

—¿Verdad que no parece que vayamos a cumplir sesenta años? —bromeó Carla mientras aceptaba el vino blanco que le servía Esteban y se sentaba frente a él.

Nuria ocupó la otra cabecera y añadió:

—Es un secreto de amigas.

—Y mío —añadió Esteban—, que con trabajos conseguí el oporto 55 para acompañar a Alejandra en sus cumpleaños.

—No me digas que aún queda, papá. Si nos lo serviste hace diez años.

Alejandra lo miró como si hubiera tocado la puerta que los lanzaba al precipicio.

—Claro que queda —dijo casi molesta.

El silencio permitió escuchar el motor suave de los tanques de aluminio que enfriaban el fermento clarificado en el espacio contiguo. También el zumbido estancado del campo bajo el sol.

—Y lo beberemos en tu cumpleaños —dijo Esteban.

—A gotas —dijo Alejandra—, no quiero que se acabe.

Pareció el momento perfecto para que Mario, con esos rizos descompuestos sobre la frente y aquel rostro más ancho que el de su padre, más tosco en general, diera la noticia.

—Yo no podré probar las gotas.

Esteban lo miró creyendo que era una broma:

—Alejandra exagera, nos alcanza para una copita cada uno.

—Lo lamento, Alejandra —le dijo mirándola—, pero tengo una entrevista de trabajo en Londres.

Alejandra quiso ocultar el temblor de la barbilla que revelaba su disgusto.

—¿Londres? —Controló la voz—. Pero hay muchos días del año. —Se sentía ridícula, no lo había visto en diez años y había sobrevivido.

—Las entrevistas son oportunidades —concluyó Esteban, que sabía que al hijo le convenía un cambio de vida.

—Por eso vine antes a desearte feliz cumpleaños —dijo sin alegrar a Alejandra.

—Pero si puedes trabajar en esta quinta —añadió imprudente Nuria—. Aquí hay chamba.

Esteban pasó el plato de ensalada y cambió el tema:

—Todo es frío para que el calor se sofoque.

—Te perderás de conocer a la hija de Renata —insistió Alejandra.

—Aquí está la empanada, ¿quién quiere tinto? —siguió Esteban.

Nuria y Carla extendieron sus copas, ajenas al cruce de miradas entre Mario y Alejandra.

—Pero si Renata está muerta —agregó Mario, sorprendido—, nos lo has contado muchas veces.

—Por la muerta. —Carla elevó su copa.

Alejandra encontró el pretexto para su ira y se puso de pie:

—Es Renata, no la muerta.

Esteban apretó el brazo de Alejandra para que se calmara, pero el río ya llevaba fuerza.

—¿Y la hija cómo se llama? —preguntó Mario, que sabía el motivo de la reacción de Alejandra, y que así, con el alma en furia, le parecía doblemente atractiva.

—Inés —dijo Nuria—. Nació antes del temblor, pero ninguna lo sabía.

Alejandra intentó rescatar algo de sí misma de aquel naufragio de ternezas que le esperaba, aunque sabía desde antes que la cercanía de Mario estaba condenada a ser pasajera. Levantó la copa:

—Por Inés, la viva.

Carla había transparentado de mala manera su corazón y no se le ocurrió más que beber de un golpe la copa y extenderla para el relleno.

—Pues trae un tufo de muerte —insistió.

Alejandra arrojó el vino en la cara de su amiga. Y todos atestiguaron el silencio que escurría en gotas tintas por el rostro impertérrito de Carla, que sacó la lengua para recoger algunas.

—Salud —murmuró.

Esteban pasó nervioso la canasta del pan, mientras Nuria murmuró por lo bajo a Carla:

—Algo me tienes que contar. —Le dio su servilleta para que se limpiara.

Mario aprovechó que Esteban buscaba una nueva botella de vino para acercarse al respaldo de Alejandra y decirle algo al oído. Las amigas lo notaron, igual que la sonrisa resignada de Alejandra.

Esteban descorchó una nueva botella e intentó bromear:

—No sé si esté mejor que el de tu cara.

—Hay un cuento —dijo Mario, subido en el banco desde donde se meneaba el caldo de las uvas con la larga pala de madera— donde el peluquero nuevo que atiende al rey, pues el de siempre se ha enfermado, se entera de que al monarca le falta una oreja y por eso usa peluca. El rey le pide que guarde el secreto, al peluquero le es muy difícil y se va al campo, y de rodillas se lo cuenta a la tierra: «El rey es mocho». Luego crecen unas cañas en ese lugar y de ellas se hacen flautas que cuando se tocan cuentan el secreto. Tú nos contabas ese cuento, Alejandra. Yo propongo que cada uno les cuente a estas vasijas un secreto.

Y hundiendo la cara en la boca del botellón soltó el secreto que Alejandra sospechó.

—En el cuento el peluquero lo gritaba, era su manera de desahogarse —protestó Alejandra.

—Cada quien tiene sus maneras —contestó Mario cuando se incorporó.

—Ahora sabremos tu secreto cuando bebamos vino —dijo Nuria.

—Si todos suben, nadie sabrá cuál es de quién —dijo Carla, que ya sabía lo que guardaría en la vasija.

—De todos modos pasará un año para que lo que está en la talla sea vino embotellado. —Aterrizó Esteban el juego.

Mientras comían, Nuria se quedó pensando cuál sería el suyo, como si no pudiera dar con él. El aborto, tal vez, del que solo Leonel y ella sabían. O cuando entró al cuarto de sus padres, que vivían en otro país, y de pura rabia rompió las fotos de su boda y otra de ellos sonrientes con sus togas de graduación en la universidad donde se conocieron. Lucían confiadas en unos marcos de marquetería sobre la cómoda de nogal. Las sacó y las hizo trizas. Y esos marcos quedaron vacíos, como ojos ciegos. Cuando sus padres volvieron a pasar unos días en casa y preguntaron qué había ocurrido con las fotos: nadie supo nada. Si lo sospecharon, guardaron silencio. Esa vacación escolar la pasó con ellos y sin ganas de regresar a México a su casa con marcos vacíos.

Cuando salieron de la bodega después de colocar los platos y los restos de la comida en la canasta de la bicicleta, Esteban se lanzó pedaleando, mientras Mario acompañaba a Alejandra en un caminar lento y silencioso. Las amigas venían detrás.

—¿Qué secreto le contaste a la vasija? —preguntó Nuria—. No estaremos aquí dentro de un año para que el vino lo grite.

Carla se quedó callada. Y por respuesta preguntó:

—¿Cuál crees que sea el de Mario?

—De amores —dijo Nuria—, se le ve en la mirada.

—Y de separaciones —añadió Carla, que había advertido lo que allí sucedía.

—No puede ser. —Su amiga la miró tocándose la cabeza—. Dejé el sombrero.

Carla le extendió el suyo.

—Ya bajó el sol.

Nuria le pasó el brazo por la espalda como cuando eran niñas en el patio escolar.

—Que se muera la muerta —dijo Carla—. Ese fue mi secreto.

21

Era la cena de despedida para Mario, y Carla y Nuria se habían dado un baño y escogieron vestidos para la ocasión que hasta ahora no habían usado. Era divertido abrir las puertas corredizas de la terraza de sus cuartos y pasar de uno al otro, mientras Carla se planchaba el pelo y Nuria se enchinaba las pestañas. Comparaban sus cejas en el espejo: las de Nuria un tanto espesas y salvajes, las de Carla delineadas como las de una muñeca. Había una complicidad de hermanas, casera, mientras se transformaban y platicaban de las cremas que les convenían: dermatológicas para Carla, de sábila para Nuria. Compartir el lavabo del baño, donde una enjuagaba la brocha del rubor, mientras la otra delineaba de rojo bermellón los labios, les confirmaba que no se sentían de los años que tenían.

Nuria hizo una mueca graciosa:

—Mi hija lleva un bebé dentro de ella y nosotros sesenta años puestos. ¿Cómo es que sucedió eso? ¿A qué hora pasó el tiempo?

—¿Te acuerdas cuando nos quedábamos a dormir en tu casa para alguna fiesta? —dijo Carla exaltada. Nuria tenía muchas habitaciones, sus padres no vivían allí, y había un chofer que las llevaba y las recogía.

—Me acuerdo de las tortas de frijoles fríos.

—Qué hambre nos daba a la vuelta.

Nuria se recordó sentada en la barra de la cocina, aún no había conocido a Leonel y le gustaba un chico diferente en cada fiesta. Pero en esa, cuando se mareó porque había bebido cubas de más y sus amigas la ayudaron a caminar hasta la cocina, disimulando frente al chofer que la hija de sus patrones venía pasadita de copas, el chico con el que había bailado, el que olía a madera y tenía mejillas de terciopelo, la jaló a un baño, la apretó contra la puerta mientras la besaba y sus manos ansiosas buscaban sus senos. Alguien tocaba la puerta, pero el chico seguía intentando atrapar sus senos grandes con las manos y desabotonar la blusa con una tímida audacia a la que Nuria ayudó, permitiendo que la lengua de él recorriera el borde entre la piel y el brasier.

Los toquidos persistían y Nuria dijo que estaba ocupado con una voz descorchada del placer. El chico se apretujó mucho más contra su cuerpo, visiblemente excitado, y Nuria entonces sintió que el juego se ponía peligroso, que el olor a madera no era suficiente para que ella abriera las piernas y compartiera su virginidad con las ansias del desconocido. Cuando se negó, deslizando el cuerpo a un lado, él la volvió a cercar como a una mariposa. «No», había dicho. «Ya no». La hizo a un lado con desprecio y se sentó en la taza del escusado mientras Nuria se abotonaba la blusa. «Calientavergas», alcanzó a escuchar cuando abrió la puerta y el bullicio y la cara desconcertada del que tocaba acompañaron su anonimato rumbo a la música y el baile. Más tarde aceptó la cuba que la bolita de sus amigas le acercó. Y otras más, mientras, de cuando en cuando, oteaba el campo con temor a toparse con el chico. Hacer el amor era una buena frase que aún estaba entre sus pendientes y no la iba a malgastar. Eso pensaba entonces.

—Ya te quedó la línea de la boca salida —le señaló Carla.

Nuria corrigió mientras volvía la mirada al espejo de los sesenta años que se habían acumulado como capas de cebolla: transparentes, imperceptibles.

—¿Cómo era que pensábamos que íbamos a sentirnos a nuestra edad? —Se rio—. En ese entonces no nos pintábamos los labios.

—Yo sí —dijo Carla, que nunca se desprendía del tubo de labios—. Tú no lo necesitabas, con esa boca carnosa. Pero mira la mía, parece de alcancía.

—Pues esa alcancía ha gustado a muchos. —Quiso corresponder.

—Alguna vez pensé en inyectármela.

—Estás loca, mira qué elegante se ve así pintada de rosa mustio.

—Elegante, elegante… —repitió con fastidio.

De adolescente, Carla no quería ser elegante, sino sensual como sus amigas. Cada una a su manera. Alejandra siempre mostraba sus piernas perfectas bajo las faldas cortas. Usaba tacones que la estilizaban y hacían más redondas sus pantorrillas. Renata, siempre con ese estilo de niño travieso y los rizos cortos despeinados, se desabotonaba la blusa un botón de más, como si anunciara el misterio del territorio inconquistable que era: hija de un actor famoso y de una rusa bellísima. Nuria y sus grandes senos, que eran tan notorios como sus carcajadas: en ella cabía el mundo, a su vera todo se podía, como una casa que disimulaba los peligros.

—Ser elegante y correcta cansa mucho.

—¿Qué tan correcta eres con Íñigo? —La probó Nuria mientras se colgaba las grandes arracadas.

Carla tardó en contestar.

—Hago lo que me dice —dijo socarrona. No iba a contar más, su pubis comenzaba a responder al acicate de la imaginación, al día que contrató dos mujeres para que él y ella las vieran acariciarse, chuparse, aullar, romperse, embestirse. Cuando Íñigo las despidió, ella manoseaba su entrepierna con el sexo desquiciado. No contaría nada, porque visiblemente era otra a la que Joaquín con torpeza penetró el día de la boda; otra la que sospechó lo que sucedía en la sala de Renata cuando oyó los jadeos, los gritos. Tanta telaraña elegante le había secuestrado el deseo. Los rincones de intimidad que había descubierto después necesitaban penumbra para seguir saboreándose. No estaba para exhibirlos.

Una vez coloreados los labios, Nuria y Carla tomaron las chalinas por si refrescaba, y aunque era impropio para el camino usar sandalias, echaron a andar hacia la luz del emparrado.

Esteban las saludó desde la cocina y les dijo que afuera ya las esperaban el vino blanco y los altramuces, esas alubias botaneras. Mario de pie miraba hacia el horizonte donde la tarde moría y definía las siluetas moradas de los cerros achaparrados que circundaban el valle. Esteban venía detrás de ellas, cargando una bandeja con alguna delicia que gozaba preparar. Era la empanada local, con bacalao azafranado.

—Ustedes ya la probaron, pero a Mario le encanta y no podía irse sin este sabor.

Mario entonces se dio la vuelta y se sorprendió de su arreglo halagándolas.

—Nos esmeramos —dijo Nuria.

—¿Y Alejandra? —inquirió Carla.

Esteban explicó que le dolía la cabeza, que a veces le daban migrañas. El polen, el vino, no sabían muy bien qué. Carla entró a la casa para saber de ella y tocó la puerta de la recámara. Una voz apagada tardó en responder.

—Soy Carla, ¿estás bien?

—Luego los alcanzo —dio por respuesta y Carla le creyó.

De regreso notó algo sobre la cómoda que estaba junto a la puerta. Además de la vasija de barro negro de Oaxaca había una foto. De haber estado antes habrían dicho algo. ¿Cuándo la colocó Alejandra? Las cuatro sonrientes. La misma foto que todas tenían. Hacía más de treinta años que no la veía. Huyó hacia la terraza.

Nuria platicaba animada con Mario, cuando Carla trajo la noticia: «Que luego nos alcanza». Mario le clavó los ojos, como si quisiese que fuera cierto. Un paño de dolor acusó lo que pasaba, pero Mario volvió al redil como si aún pudiera evitar ser descubierto.

—¿Así que tú también dejaste tu ciudad para irte a otro lado? —le preguntó a Nuria.

—Hace cinco años.

—Eso ya cuenta —dijo Mario, minimizando su propia partida.

—Nunca me había atrevido a irme, pero vendimos la casa de mis padres y Milena hacía su vida y Darío trabaja en Panamá.

—A veces hay que irse. —Subrayó Mario.

Carla dejó que Mario le llenara la copa.

—Yo no me iría de la Ciudad de México.

—¿Qué te ata? —preguntó Mario.

—Me gustan las montañas que la rodean, ahora las veo desde lo alto de mi departamento. Me gusta el privilegio de que alguien limpie mi casa, mi oficina, me gusta trabajar, tener coche, hasta el tráfico. Y los domingos ir a algún museo, a las carreras de caballos, a comer sabroso, o a la casa de Íñigo en Valle. No son ataduras.

Lo pronunció con tal convicción que Nuria sintió la astilla de la nostalgia y repuso:

—Pues a mí me gusta levantarme y tener el mar frente a la ventana, ese mar que no es de playa sino para barcos. El acantilado de todos modos trae el ruido del rebote del agua contra las piedras. ¿Cuándo vas a oír el rebote del agua en algún lado en la Ciudad de México?

—En la fuente del Museo de Antropología. —Carla recordó ese hongo de piedra que salpicaba en el suelo desde gran altura, como una tormenta magnificada—. Y la lluvia.

—Yo prefiero que nadie toque mis cosas y encargarme de mi casa, mi cocina. Y de hacer el pan.

Mario se fijó en el cascabeleo de las pulseras en su puño.

—Me quito los anillos, Mario, para poner las manos en la masa. —Se defendió Nuria de su mirada.

Esteban trajo el bol de la ensalada y se sentó para participar en la conversación.

—¿Y cómo va el negocio?

—Creo que bien —respondió Nuria, que era pésima administradora y que pensaba que mientras tuviera que sacar poco del banco para sostener la panadería, estaba en buen camino.

—¿Cuándo amortizas la inversión?

Nuria dio un trago largo a su copa. En realidad, no sabía. El éxito del negocio no era lo que la había movido. Era la idea de hacer algo propio, lejos, de inventar. Renovar su pacto con la vida.

—Pronto —mintió.

Mario le preguntó a Carla cuál era la especialidad de los panes de su amiga.

—El pan con romero y tomate deshidratado —respondió Nuria por ella—. Ha ido muy poco.

Carla cayó en la cuenta de que habían viajado hasta Portugal y que pocas veces se tomaba la molestia de visitar a su amiga en el mismo país, quizás porque era más cómodo verla cuando ella iba a México.

—Me voy a esperar a que amortice —bromeó.

—Ni en la propia ciudad nos veíamos mucho —pareció responderle Nuria—. Yo vivía por la Noria, así que te imaginas que ni yo iba a los rascacielos de Santa Fe ni ella a las trajineras de mi pueblo. —Se rio con desparpajo.

—Aquí no hay ese problema —agregó Esteban.

—Yo no sé cómo Alejandra se adaptó a esto, papá —casi reprochó Mario.

—A nosotras también nos sorprende —dijo Nuria.

Esteban hizo un leve gesto de desaprobación y luego añadió que iría por ella para comenzar a cenar, la lubina se resecaría en el horno.

—Que no pare el vino en sus copas —ordenó a Mario—, tal vez así quieran quedarse aquí para siempre.

—¿Tienes ganas de irte? —le preguntó Carla a Mario.

Mario tardó en responder:

—No me queda de otra y yo no puedo quedarme en el campo.

—¿Ni para el cumpleaños de Alejandra? Cae en sábado —añadió Nuria.

22

Los jueves eran los días favoritos de Nuria. Si cerraba los ojos, el día tenía un color azul cielo, a medio camino entre el verde intenso del viernes, el rojo del sábado y el morado del miércoles. El jueves era luz y era remanso. A veces se preguntaba de dónde le había venido esa idea. A lo mejor porque era el día que su padre llegaba más temprano de la oficina, antes de que se fuera a su cargo en Roma, y cuando corría a abrazarlo él le decía que por qué no hacía la tarea en la biblioteca, que el escritorio era todo para ella. ¿Había mayor felicidad? Papá se quitaba el saco y lo colocaba con cuidado en el respaldo de una silla de mimbre. Luego se sentaba en el sofá de alto respaldo que daba hacia el ventanal proyectado al jardín. Era un ventanal en escuadra y a Nuria le gustaba ver el juego del sol de la tarde sobre la cara de su padre: el pelo ondulado y jaspeado con canas nacientes lo hacía un hombre de fuego. Después de decirle: «No te voy a interrumpir», cerraba los ojos y reposaba con mucha calma en ese espacio donde Nuria escuchaba su lápiz garabatear sobre el cuaderno, luego la goma que borraba los números: odiaba las fracciones. ¿Para qué las necesitamos? Pero su padre había sido muy convincente unas semanas atrás: «Tu madre compra un cuarto de jamón, a mí me llenan medio tanque con gasolina y hay sacos tres cuartos. Y yo te quiero un entero». Acabó riéndose. Cachitos. Eso eran las fracciones, pero sumarlas y restarlas tenía su chiste. Un tercio más dos cuartos. ¿Qué era aquello? Y mejor ver a papá hombre de fuego que respiraba con ruidito de olla exprés. «No te acerques a la olla», siempre decía Chela, la cocina era de Chela y de mamá. Tal vez solo un octavo era de ella, cuando entraba por agua o ayudaba a estirar la masa para las galletas.

El jueves era un entero, a pesar de que era un séptimo de la semana, que quién sabe por qué para algunos tenía ocho días. Así había dicho Renata cuando se vieron en el café las tres, después de dos años de no haberse reunido. Alejandra ya vivía en Lisboa bien casada con Esteban: «Nos vemos en ocho días. Y de la casa le hablamos a Alejandra, aunque sea su madrugada».

Cuando volvió, Esteban deshizo la pausa en que las preguntas habían colocado a Mario.

—Que empecemos, tal vez llegue al postre.

—Renata y Alejandra cumplían el mismo día —explicó Nuria, y aquel 19 de septiembre era jueves.

En aquel sillón su padre dejaba ver tres cuartos del rostro, la boca carnosa como la de ella, la nariz recta. La piel castaña clara sobre los pómulos marcados. «Te pareces a la abuela Miranda», le habían dicho a ella, era la madre de su papá. No la había conocido más que en fotos. Y era verdad, la misma boca carnosa de los tres, el pelo ondulado, los pómulos dibujados. Con el tiempo, cada vez se amoldaba más al cuerpo fornido de aquel retrato. Si su padre siguiera vivo, tal vez lo podría invitar a pasar unos días a Ensenada: le colocaría un sofá frente al ventanal que miraba el mar, en el comedor, y desde la silla vería sus tres cuartos y lo escucharía respirar pesado, ronquidos taimados acompañando el ruido del mar.

Esteban no dejó que recogieran los platos sucios ni los platones con los esqueletos despoblados de las sardinas. Para el postre sacó los higos cortados por mitades y puso el oporto en la mesa para que cada quien rociara los suyos.

—También hay crema —añadió.

Nuria había estirado la mano y Carla le dio un leve manazo, como recordándole lo engordona que era. Nuria la miró con recelo y se echó dos cucharadas.

—¿Cómo fue ese día del que no se habla nunca? —Se atrevió a decir Mario.

Era el primer festejo en que Alejandra traía a sus amigas de México, nunca vinieron sus padres ni hermanos para tal fecha. El 19 de septiembre de 1985 había saboteado todos los cumpleaños.

—Renata iba a hacer la fiesta en su casa. Cumplíamos treinta años y una semana antes nos citó en el café al que acostumbrábamos ir, el Auseba. Se trataba de planear la fiesta.

—Renata había terminado con Patricio, un actor que le llevaba un cuarto de siglo —añadió Carla—. Y quería estar rodeada de sus amigos. Lástima que Alejandra estaba muy lejos. Así nos dijo.

—El departamento en la colonia Juárez era pequeño, pero haría el sillón a un lado, pegaría la mesa a la pared de la cocina. Yo llevaría rajas con crema y papas con chorizo —añadió Nuria con precisión.

—Taquiza a la mexicana. Yo tenía que llevar tinga y el pastel, el de anís que le gustaba tanto —añadió la memoria de Carla.

Hablaban emocionadas, como si el oporto les inflara las venas del recuerdo. La anticipación había sido grata y la tragedia la tenían vedada.

A Carla le resultaba extraño hablar de ese momento con cierta paz, pero cuando Renata las convocó, estaba dispuesta a retomar la amistad. Con perder a Joaquín era suficiente. Habían pasado meses tórridos desde que esperó afuera de casa de Renata a que Joaquín saliera. Estacionó el coche atrás del de él, nada más lo vio, las luces altas lo señalaron, como un prófugo de la cárcel atrapado. Tal vez si ella se hubiera ido a casa y lo hubiera esperado para conversar, las cosas hubieran tenido algún acomodo. Pero el parpadeo de las luces, el echar a andar del motor, la cara atónita de Joaquín y, después de que ella llegara a casa, los golpes en la puerta a la que Carla había echado el cerrojo, todo era un estrépito irreversible. Una traición sin vuelta de hoja. Adiós. «Ven por tus cosas mañana, yo no estaré». Un año después estaba en el café planeando el cumpleaños de Renata.

A los pocos días de la partida de Joaquín, Carla escuchó a Renata por teléfono pedirle perdón: que había sido ella y no él quien había propiciado la situación. Nueva crisis con Patricio, Joaquín era su amigo, había ido a hablar con ella. Que no era nada de lo que se imaginaba. Carla dejó que contara su versión, con aquella forma de sinceridad. «Te adora, Carla». La dejó llegar al final de su diatriba. La voz le taladraba los oídos y no lograba más que azuzar las llamas.

La imaginaba mimosa con Joaquín al lado en el sillón, los caballitos de tequila, la mano de Joaquín acariciando su espalda, tranquilizándola, diciéndole que Patricio volvería, que tomara las riendas o lo sacara de su vida (lo habían hablado tanto Joaquín y Carla). Que ella era una mujer muy atractiva, muchos morían por ella. Y luego Renata, tal vez recitando un poema de Lorca: «cógeme la mano, amor, que vengo muy malherido», y él resarciendo todas las heridas con besos suaves en la mejilla, luego en la boca, luego en el cuello, luego en el escote, en los senos debajo de la camisa de hombre y luego y luego. Cuando Renata terminó, Carla colgó el teléfono. No podía más con la escena.

—Carla pasaría por mí aquella noche de la fiesta —dijo Nuria y la miró con ganas de añadir que era cuando Joaquín ya no vivía con ella.

—Odiaba manejar de noche, aunque de la Anzures para llegar a la Juárez no había lógica en el desvío a la Narvarte. Pero no quería llegar sola.

Esteban rellenó sus copas. Mario las miraba como si estuvieran en un escenario, las pupilas bailonas del recuerdo le daban tersura a su piel, la hacían elástica.

—¿Y Alejandra cómo era?

—Preciosa y dispuesta a traspasar fronteras. ¿Por qué crees que llegó a París y se enamoró de tu papá?

Esteban se sonrojó y escapó a la cocina con los platos del postre vacíos.

—Yo decía, antes de mi papá. ¿Tuvo novios?

—¿Tú qué crees? —dijo Carla—. Remigio, el más guapo de la escuela, la eligió como compañera de graduación, iban a bailar a discotecas. Era muy fresa, por eso era tan especial su relación con Renata. Una quería el mundo estructurado y aparentemente predecible, como el de la familia de Alejandra, la otra quería lo desconocido.

—Aventurera. Eso es Alejandra. ¿O era? —dijo Nuria.

—Las oí —intervino Esteban, preguntando quién quería café.

Los tres se negaron a que algo bajara los decibeles de intimidad a la plática.

—Mejor sigue con el espumoso, papá.

Mientras Esteban rellenaba las copas aclaró:

—Sigue siendo aventurera. ¿Quién se viene a vivir al campo y a construir un hotel rural en medio de nada sino ella?

Mario se atrevió:

—La enterraste, papá.

La noche oscura bajó como una lápida, Nuria buscó por dónde respirar:

—Mario, querías el relato de ese cumpleaños fatídico.

—Mi vida con Alejandra no es cosa tuya —contestó Esteban sin atender a Nuria.

—¿Por qué crees que no sale de su cuarto?

Hubiera sido mejor levantarse de la mesa e irse, pero los ojos encendidos de Esteban, que no perdía nunca la compostura, la manera en que miraba a su hijo sentado en la cabecera, el temblor delatando una rabia a punto de reventar, la sorna de Mario, que le retuvo la mirada y luego, como si él no hubiera olvidado a las visitas, prosiguió:

—Sí quiero el relato. Supongo que Alejandra lo habrá escuchado muchas veces.

23

Cuando Joaquín tocó a la puerta tenía el pelo polvoso, los ojos rojos, el paliacate en el cuello, los zapatos mineros llenos de tierra. Carla no opuso resistencia. La pérdida era de los dos, de todos. Joaquín trató de limpiarse los pies en el tapete de entrada. Carla observó ese gesto absurdo y acostumbrado de su todavía marido para entrar a la que había sido la casa de los dos. Y entonces se abrazaron. Carla lloró entre su pecho, que olía a sudor rancio, mientras su pelo se escarchaba con el polvo que traía Joaquín. Él la retuvo con ternura. Un abrazo fuerte que los protegía a los dos de la adversidad, de la crueldad de la naturaleza.

Claro que no había estado en la lista de los invitados a la fiesta, pero también era muy probable que se siguieran viendo, entonces Carla no estaba segura. Le había creído a Renata, pero no había perdonado a Joaquín.

Carla lo llevó de la mano a la cocina, puso a hervir el agua para el té negro que siempre bebía su marido. Sentado frente a la mesa pequeña de aquella antigua cocina, que habían reformado para que mantuviera la cubierta de granito y las viejas llaves de agua y los estantes pintados de azul cobalto, Carla observó cómo se agarraba la cabeza. Era un hombre abatido. Cuando ella se sentó frente a él con la taza humeante, mientras calentaba un poco de la tinga que había preparado para la fiesta hacía dos días, habló:

—Es como un pastel aplastado.

Carla mojó una servilleta de papel y la pasó por el rostro de Joaquín, como si fuera un niño desconcertado.

—El edificio es irreconocible. Como si un puño lo hubiera derribado.

—¿Está muerta? —preguntó sin miramientos.

Joaquín se echó a llorar como un niño desprotegido, como si Carla no fuera su expareja sino su mamá. Se quedó quieta frente a él, sospechándole el enamoramiento, la viudez.

—¿La seguías viendo? —No era una pregunta cargada de celos. Era una necesidad de entender. Porque si Joaquín había perdido a su amante, ella había perdido por partida doble: a la amiga que empezaba a recuperar y al marido traidor.

Con un meneo de cabeza indicó que no y Carla le creyó. Joaquín podía tener defectos, pero mentir no era uno. Su transparencia podía ser más hiriente.

—La vimos hace una semana y dijo que no estabas entre los invitados. Pensé que tal vez era una concesión hacia mí. ¿Sabías que la íbamos a festejar? Treinta años.

Joaquín negó de nuevo con el movimiento de cabeza.

—Perdóname. —Estiró una mano a través de la mesa. Carla supuso que era por venir a irrumpir con su llanto desvalido, pero la voz tenía un eco de piedras, de algo no dicho a tiempo.

—Tal vez esté viva. —Lo ignoró, queriendo saber si la posible muerte de Renata era lo que lo hacía arrepentirse.

Por el rostro de Joaquín, pálido y desenfocado, Carla dudó la posibilidad de su supervivencia.

—¿Y si no estaba en casa?, ¿si estaba con un nuevo amante?

Esa era una posibilidad que ninguno había pensado. Carla llenó su taza con el café que ya hervía en la cafetera italiana, rellenó la taza de Joaquín con agua.

—El té es de Sri Lanka, me lo trajo mi socia.

—Habrá que llamar más tarde a alguien del teatro. —Joaquín recuperó el habla ante esa ranura de esperanza.

Aquel hombre se desplomaba y se inflaba con cada respiración, como un globo atorado en una rama. Aquel hombre con ojeras era más su amigo que su amante, pensó Carla mientras lo miraba con la nostalgia de sus complicidades. Todo lo que hacían juntos y que aún humeaba en la casa. Y entonces le ganó la rabia.

—La quieres —afirmó.

—Me volví adicto a ella —contestó y descolocó a Carla—. A sus sorpresas. A su cuerpo, a su inteligencia. Dormí varios días afuera de su puerta. A veces me dejaba entrar, a veces brincaba sobre mi cuerpo cuando salía. Cuando desistía, me llamaba, me pedía que fuera, otra vez, su cuerpo. Perdona, Carla, perdona. También me volví adicto a su maltrato.

Carla respiró fuerte, como si su cuerpo fuera ahora el globo que necesitaba dejar la rama y elevarse. Un cuerpo desusado, un cuerpo no deseado. Si su poder era consolar a Joaquín, renunciaba, no quería ser como su padre, perdonando y adorando a su madre. Negando su maltrato. Se acercó a la ventana de la cocina con la taza en la mano, como si al mirar los árboles ajenos a la turbulencia se aquietara el maremoto dentro de ella.

—Y hace un año justamente desistí. Era su cumpleaños, me llamó, me pidió que hiciéramos algo. Me quería ver. Le dije que sí, y nunca llegué a su casa. No contesté más el teléfono. Hasta hoy no me volví a acercar al edificio.

Ella seguía hipnotizada con la vista del fresno impasible tras la ventana. Los dos abrazaron ese rato de silencio. Estaban juntos, pensó Carla, ella y Joaquín en su casa. Hacía casi dos años que no lo veía. La herida tenía costras.

—Escogimos un buen color para la cocina —dijo de pronto Carla.

—Fue tu idea —agregó él.

—Pero tenía dudas y tú me convenciste.

—Me gustan tus ideas.

Carla se acercó al lado de Joaquín, tomó su cabeza y la pegó a su vientre, con fuerza, luego alzó su rostro desaseado y se agachó para besar sus labios, tibios, dispuestos. Joaquín se puso de pie, respondió al beso, al abrazo, al cuerpo resucitado de Carla, que ya se desvestía en la cocina azul cobalto.

24

Alejandra había corrido la cortina de la recámara para mirar el cielo desde la cama. Como daba a la terraza de naranjos y olivos, el pedazo negro y estrellado era visible. La terraza García Lorca, la había nombrado cuando llegaron. Le daba paz y una arropadora melancolía. Ahí se instalaba cuando quería borrar a los demás. De niña se encerraba en su recámara y sacaba el cuaderno de iluminar. Llenar de color aquellos paisajes de casitas con techo de dos aguas, con arcoíris y campos de flores, o los veleros con sus banderas coloridas, flotando en el agua, le producía un ensimismamiento muy grato. Era como estar de viaje en silencio.

La contemplación era un estado que le gustaba y lo necesitaba de cuando en cuando. Quizás era una de las razones por las que había entonado tan fácil con Esteban, era un hombre con silencios, que daba espacio, que no necesitaba el bullicio y la sonrisa permanente. Alejandra podía estar triste a gusto. Al principio, había extrañado las mesas de familia, a su madre siempre pendiente de las comidas, de la tintorería, del aseo de los perros, de que nada faltara en las recámaras, en los clósets, en la despensa. Y luego las peleas con sus hermanos. Extrañaba esos ruidos de licuadora mezclados con ladridos desde el patio, y el llamado de su madre para bajar a comer y la televisión a todo volumen. Extrañaba el chacoteo de Matilde, la muchacha, con la señora que planchaba, se daban vuelo el día que iba Gertrudis, no tenían el menor pudor de quién oyera sus conversaciones. A veces le gustaba atender sus pláticas, a veces le molestaba la irrupción.

Los viajes a México le daban la dosis de lo familiar, pero cuando papá murió y luego mamá, la llenaron del silencio que en Lisboa le sobraba. Ser corresponsal desde Portugal para la televisión mexicana había sido un puente oportuno cuando le fue necesario, después le ganó ese ensimismamiento que la hacía apreciar cada vez más Quinta Renata. Frente a la noche de terciopelo negro enjoyado, que no la cansaba nunca, se daba cuenta de que entre su parte necesitada de algarabía y la que quería iluminar encerrada en el cuarto, había ido ganando esta última.

Un hotel rural era el plan perfecto para la ocasional presencia de la conversación y lo extraordinario. Igual que las idas y venidas de Esteban que, cuando no estaban ahí juntos, le permitían el regodeo con placeres pequeños, como pelar naranjas para hacer mermelada, pintarse las uñas de los pies en la terraza, dorarse el torso desnudo y usar sus pinturas pastel en unos cuadros pequeños, cuadritos insignificantes que se elaboraban siguiendo números e indicaciones. Sí, a ella le gustaban las indicaciones. Después de las grandes decisiones que había tomado, como dejar su país para siempre y no tener hijos, le faltaba iniciativa.

Que Mario dijera que se iba del país, después de haber provocado el desorden en su cuerpo y su deseo, era una indicación difícil de seguir. No ver a Renata nunca más después del 85, una instrucción que acató inevitable. La distancia lo hizo todo; alentó el carteo que primero fue intenso, desbordado, deseosa de saber en qué obra saldría su amiga, qué pasaba con sus amores, si vendría a visitarla. Luego el acomodo en un país nuevo, con un idioma cuyo conocimiento estrenaba, la construcción de la casa donde vivirían Esteban y ella, con el espacio para los chicos, ser mamá postiza de niños ajenos, cocinar platillos de otras latitudes, buscar alguna amiga sin mucha fortuna y su trabajo para la televisión espaciaron el intercambio. Lisboa era un pastel que se comía con deleite, el portugués una lección cotidiana, la cama un paraíso compartido. Se sentía tan amada, tan halagada, que no había sitio para la añoranza ni para necesitar a nadie más. El presente era un espectáculo que requería toda su atención.

La última carta que recibió de Renata ni siquiera la había contestado: le proponía festejar juntas al año siguiente. Pero su marido no podía viajar, justamente había mucho trabajo en esas semanas después de las vacaciones de verano. El noticiero era una atadura ahogada en adrenalina. Esteban le había dicho que desde México podría mandar esa información. El desfase del horario era un obstáculo. No quiso complicarse y tal vez tuvo razón. Mirar el edificio en ruinas, el estropicio y Renata debajo él, la habría herido de muerte. No era lo mismo saber que atestiguar. Con la voz de Zabludovsky recorriendo las ruinas impensables le había bastado.

Cuando Esteban entró a la habitación para ver si quería cenar, contestó que le dolía demasiado la cabeza, pero preguntó de qué hablaban. Esteban no podía mentir:

—Del día del temblor, del cumpleaños de Renata. Mario quiere saber.

El cielo cuajado era cómplice del diálogo que podía sostener con Renata. Fue la manera en que después de su muerte le pidió disculpas por dejarla sola, cuando le dijo que había sido un error no ir a México, que podrían haber estado juntas la noche anterior para que su amiga se quedara en casa con ella, como antes, como cuando eran preparatorianas. Si hubieran dormido en su casa de San Jerónimo, la sacudida de las 7:19 de la mañana no la hubiera sorprendido.

En ese momento, no podía soportar la voz de sus amigas así, en vivo, cruda, como hacía muchos años que no la oía, o la de su marido y su hijastro ajenos a la Ciudad de México, a su pasado en esa ciudad. Buscó en su celular aquella pieza que la confortaba: «Nights in White Satin» de The Moody Blues. Aquel año del 85, Alejandra se festejó el sábado, dos días después del temblor. Nuria fue quien le dio la noticia. No lo pudo hacer antes por la interrupción en las comunicaciones, explicó, tampoco quiso porque se resistía a la verdad, se disculpó: necesitaban la confirmación, el cuerpo exangüe entre escasos sobrevivientes, algunos bebés, criaturas huérfanas, padres deshijados. «Perdona, Alejandra, decirte esto tan terrible». Hubiera querido tomar el avión para ver los escombros… para creerle. La televisión le reveló después la brutalidad. No preguntó del entierro, del velorio. Todo era absurdo y fuera de lugar. Quiso ir a alguna iglesia, arrodillarse y llorar, arrodillarse y hablar con ella, insultar a Dios. La necesitaba en algún cielo para no morirse ella también.

No pondría un pie esa noche en la reunión donde contaban sus versiones.

Yo tengo la mía, Renata. Saberte dormida, desnuda, como te gustaba, y tu chispa de diamante al cuello, que solo te vi quitarte para la radiografía después de nuestro accidente, la cicatriz en forma de coma sobre tu mejilla. «No me gustan los puntos y aparte», me dijiste cuando supiste que me iba a vivir a Portugal. «Prefiero las comas». Pasaste tu dedo cómplice por la cicatriz rosada como respuesta.

Lo último que me contaste en esa carta sin respuesta es que tenías un amor que te había confundido mucho, un amor que no debía ser, que a Patricio lo veías de cuando en cuando, pero él veía a varias mujeres, ya te lo habían advertido. «Lo sé», me dijiste. Pero recitaba parlamentos enteros de Shakespeare, era imprevisto, atrevido, seductor. Patricio yendo y viniendo, como un viejo lobo de mar, «y luego me topé con este amor, Alejandra. No te puedo decir más. Es un hombre equivocado, tal vez si vienes me atreva a revelarte las razones. Ven a celebrar juntas nuestros cumpleaños, falta más de un año, seguro lo puedes planear».

He leído la carta tantas veces que te la puedo recitar. Habrás cocinado ese cerdo en pasilla que te salía muy bien, habrás comprado el arroz en el mercado porque nunca te quedaba esponjado, habrás surtido tu cava del Siglo, con su empaque de yute, que bebías con entusiasmo, habrás pensado que treinta años eran muchos, que ya la vida no estaba para perderla, que tocaba tomar las riendas, que extrañabas a tu madre y que no deseabas ver a tu padre nunca más. Te habrías desvelado porque las noches eran lo tuyo, ahí leías, estudiabas, ensayabas, repetías, hacías tu rutina de ejercicio. «Mi vida va a cambiar», me escribiste. Pensé que tirarías a Patricio a la basura, que borrón y cuenta nueva. «Los amores que desgastan son enfermos», dijimos alguna vez, estuvimos de acuerdo, yo que solo conocía la constancia de Esteban como colchón de vida. ¿Era la vida que llevabas dentro?, ¿o era el presagio de tu muerte?

Te habrá zangoloteado la tierra de manera imprevista. Seguramente saltaste de la cama, mareada, ¿te pasaba algo? Pero no eras tú: la casa crujía, el vaivén del piso era una barca sobre el oleaje de las calles. Quisiste alcanzar el teléfono o llegar a la puerta entre el tronido de fierros y ventanas, entre un ruido sordo que barrenaba el entendimiento. El muro se resquebrajaba, el aire era polvo y la puerta ya no estaba por ningún lado, el techo se vencía sobre tu desnudez atlética sin que llegaras a ningún lado, sin que celebraras tus treinta años, que ya habías cumplido, porque naciste a las dos de la madrugada, como contó tu madre, y yo era un poco menor, nací cuando el sol estuvo en el centro del cielo. Mientras daban las doce del día en mi casa lusitana, pensé que me llamarías en algún momento, como siempre lo hacías, pero tú ya no estabas, ni cerca del teléfono ni a la vera de la puerta de salida. Solo ahora me lo puedo contar de otra manera, habrás corrido al cuarto de Inés, asustada por ella, a quien tenías que tomar en brazos para salir del infierno. Tu muerte, ahora que te sé una madre en secreto, me duele más. Mucho más.

Alejandra miró el cielo buscando la luz de su amiga, alguna estrella debía acompañar la llegada de Inés, esa revelación para ella y sus amigas sobre la continuidad de la vida. Porque, aunque más suya que de nadie, la pérdida de Renata era de todas. Respiró con el final de la música, a punto de estallar en el silencio, se puso la bata y se dirigió a la terraza.

Sobre el mueble junto a la puerta estaba la foto de las cuatro que colocó como escudo. Observó sus sonrisas cómplices desde un pasado mustio. La partida de Mario era lo de menos.

Irrumpió en la sobremesa pidiendo una copa y, como si hubiera seguido la partitura de la conversación, añadió:

—Solo que ahora sabemos que no murió sola, que corrió a salvar a su hija sin saber si morirían juntas. —Luego sonrió—. Inés viene en camino.

25

Nuria escribió un mensaje a Alejandra temprano esa mañana: «Me urge irme». Se regresaría con Esteban y Mario cuando partieran a Lisboa. Esperaría la luz del sol para mandarlo. Milena había ido a la revisión con el doctor y, como ya tenía contracciones con cierto ritmo, el doctor le había dicho que las midiera, que si se repetían cada quince minutos se reportara con él. Y así había sido, a las ocho de la noche se había ido al hospital. A las cuatro de la mañana, Nuria leyó el mensaje. «Me quedo, ha comenzado mi trabajo de parto». Sintió que paría el corazón por la garganta, el mar era una distancia insalvable. No debió haber hecho el viaje. Hoy se cumplían ocho meses y una semana. Los bebés se podían adelantar. Caray, qué más daba cumplir sesenta, era lo mismo que cincuenta o sesenta y uno. Tiempo que corre. Su hija pariendo por primera vez era un evento único. Y ella lejos, bebiendo como cosaca, recordando a Renata y el temblor. ¿Quién estuvo con Renata en el parto?

Nuria se dio un baño a esas horas de la madrugada. Intentó buscar un vuelo al día siguiente que la llevara hasta México. No encontró conexión alguna que la pusiera el 17 de septiembre en su país. El parto no tardaría dos días, quizás ni las quince horas del traslado. Y todavía estaba a tres horas del aeropuerto. Tuvo que abrir el balcón mientras hacía la maleta: se sintió mareada. En cuanto amaneciera le marcaría a Alejandra, como fuera llegaría al aeropuerto para ver si había lugar en algún vuelo, cancelaciones, conexiones fáciles.

La vista oscura del viñedo, apenas iluminado por la luna que se escabullía, subrayó el acero frío de la distancia. Corrió al baño a devolver el estómago. Hacía tiempo que no tomaba la pastilla de la presión, porque estaba controlada y le dijeron que probara un tiempo sin ella. La presión le subía cuando estaba en la Ciudad de México, pero Ensenada y Portugal la tenían a ras de mar. Se echó agua en la cara, vio el reloj. Le marcó a su hija, no tenía el celular del amigo que había donado y tampoco pensaba que estuviera al tanto. Intentó con Leonel. Nadie respondía, una voz ajena a su prisa pedía que dejara un recado. Colgó. Respiró. Miró alrededor: faltaba meter el pasaporte en su bolsa, menos mal que recordó que lo había puesto en el buró.

Tenía ganas de caminar por el sendero oscuro para apaciguar su impaciencia. La cabeza se le llenó de la blancura del hospital, de la mano de Leonel cuando aquel octubre del 86 recorrían el pasillo donde, en una camilla y con una temblorina incontrolable, era llevada a la sala de operaciones. El nacimiento de Darío sería por cesárea. Sobre la plancha del quirófano, los jalones le indicaban que algo pasaba en la mitad inferior de su cuerpo mientras su cabeza y mirada parecían no tener nada que ver con ello. Escuchaba la respiración de Leonel mientras le apretaba la mano; sentía su curiosidad y su manera de acompañar sus dos hemisferios: atendía el proceder de los doctores y calmaba la zozobra de la madre entre incisiones de piel, grasa, músculos, peritoneo, matriz, placenta. La cabeza de Nuria evitaba imaginar la sangre y los tejidos.

Le daba miedo morirse. Apretaba a Leonel, quien la confortaba diciendo que todo estaría bien, y el doctor anunciaba que ya estaban por descubrir esa vida largos meses macerada en su entraña. Nuria sentía envidia de Leonel, que vería esa vida antes que ella, aunque no quería ser ella quien comprobara si la criatura estaba completa, si respiraba, si lloraba. Él sabría antes que ella si había sido un hombre o una mujer la vida surgida de su complicidad amorosa. Por fin, como un tesoro en un cuenco tibio, el pequeño agazapado, confundido por un esfuerzo inútil que no pudo concluir: un hueso estorbando la salida franca entre las piernas de su madre, encaraba el aire. «Un cabrón», gritó Leonel. Nuria imaginaba que la luz entraba por el centro mismo de su cuerpo, de ombligo a ombligo. Que, en lugar de dar a luz, se llenaba de ella.

Sonó el celular que atrapó con torpeza. Era Leonel. Respiró aliviada.

—¿Estás ahí?

—Aquí con ella. —Su voz gruesa la tranquilizó.

—¿Está bien nuestra niña?

El «nuestra» se le pegó al paladar como un gran bombón que solo podían masticar entre los dos.

Leonel le explicó que habían monitoreado las contracciones y de cuando en cuando la dilatación. Que todo iba bien, que sería en unas horas.

—No hay vuelos de inmediato, ya vi. De todos modos, me iré al aeropuerto.

—Aquí estaré hasta el final. —Leonel la conocía, sabía qué palabras quería oír.

Nuria no pudo controlar el llanto.

—Quiero estar allá. Darle la mano.

Algo le dijo Leonel, pero ella no pudo escucharlo porque lo suyo eran sollozos de impotencia. No podía hacerse tonta, no llegaría al parto.

—Te dejo, voy a calmarla. —A lo lejos, Nuria escuchó un grito de su hija, los dolores de las contracciones la volvían a su centro.

—Dile que la quiero —soltó rendida—. Que la acompaño desde aquí.

Y cuando escuchó el clic del celular que Leonel colgó, se sumergió en una extraña calma. La calma que siempre le había dado su pareja. Se dio cuenta de que no se trataba de ella, sino de su hija. La protagonista era su hija. Lo que importaba no era su deseo de estar allá, los vuelos, el trayecto, sino Milena atenta a su cuerpo, al nacimiento de su bebé, Milena mujer, Milena madre. Se sentó en el borde de la cama, la luz apenas despuntaba en el fondo del paisaje, como en un cuadro que había visto. Recordó que se había ido a Ensenada, sola, sin ellos, respetando la vida de cada cual y la propia. Que dijo: «Aquí estoy», para que fueran cuando quisieran o que la llamaran si la requerían. Allá hizo un esfuerzo por dejar de creer que era indispensable para los demás, que los otros no funcionaban sin ella. De hecho, ahí estaba Leonel al lado de su hija, a pesar de que Milena lo había alejado a últimas fechas.

Volvió a su cuerpo dividido en dos y a la piel morena de Darío cuando se lo acercaron, y ella sonrío pensando en los genes de su marido, en los dos hombres que habitarían su casa. Luego no tuvo conciencia, algo dijeron y algo le inyectaron. Cuando despertó estaba en la habitación, mareada y adormilada. Cuando Leonel la vio despierta, dejó el sillón y se paró a su lado, tomándole la mano otra vez, y le preguntó con una dulzura inusual:

—¿Estás bien?

—¿Tú?

Leonel lloraba, como si el operado y zurcido, anestesiado y recuperado fuera él. Leonel, que nunca se quebraba.

—Muy feliz. Gracias, Nuria.

Resultaba extraño que hasta hoy volviera la exactitud de esas palabras. «Gracias, Nuria». Ella pensaba que le tocaba agradecer su apoyo, pero Leonel tenía razón. Había que agradecer los largos meses de incubar una vida, las horas diligentes de dar a luz, el resto de los días que se ocuparían en amamantar, cuidar; la revelación de haber pasado a segundo plano. Esa criatura era la lección. Y para siempre.

Eso era lo que tendría que decirle a su hija. «Gracias, hija, por un alguien más y nuevo en la familia. Gracias por decidirlo».

Con extraña calma cerró el ventanal del balcón y mandó el mensaje a Alejandra. Intentaría llegar, aunque no estuviera a tiempo para el alumbramiento.

26

Alejandra sirvió el café y se sentó a la mesa, donde aún quedaban restos de la noche anterior. Los platos habían sido levantados, pero las migas, las gotas de vino, una borona de queso, un racimo de uvas yacían como testigos de una prolongada velada, incluso del momento en que ella apareció aliviada de encontrar en Inés una buena razón para dejar ir la infatuación por su hijastro. Era un deseo del diablo que ninguno de los dos enfrentaría. Había que estar dispuesto a ser héroe o mártir de un destino y ella no quería ni lo uno ni lo otro. Sesenta años no le parecían un momento de quiebres y riesgos, al contrario: ¿no se suponía que se cosechaba lo sembrado?

Para ella el horizonte era aquel vino fabricado en las tallas y esos olivos resguardando el hotel rural que traía noticias del mundo. Ese rincón quieto y apacible, dorado bajo el sol de septiembre, era, ahora que sus padres habían muerto, su lugar. No Lisboa y su luz blanca con el mar por frontera, sino este paradero tierra adentro. Quizás los cerros suaves que rodeaban ese valle le resultaban más parecidos al valle de México que una ciudad de cara al Atlántico, como la capital portuguesa. No hubiera creído que las geografías hicieran tanta mella en el ánimo, ahora estaba segura de su efecto. «Adiós, Mario», lo abrazó esa mañana con fuerza, sustituyendo la despedida de una mujer por el fraternal contacto de los cuerpos en un abrazo. El café aliviaba el dolor. El tiempo haría lo suyo, estaba lo suficientemente curtida para saber que la exaltación de su piel y el apetito por ser deseada acabarían por asentarse y replegarse en las imperfecciones de la edad.

Había abrazado con la misma fuerza a Nuria, un tanto desconcertada por la súbita despedida, sin encontrar las palabras para retener a la próxima abuela. Quizás, incluso sin comprender el apremio por estar al lado de su hija mientras se convertía en madre. Le pareció gracioso que, a las siete de la mañana, a pesar del desvelo que revelaban sus ojeras, las pulseras y los anillos tintinearan llamativos. Nadie podía dejar de mirar a Nuria. Le gustaba que, a pesar de su frondoso busto, de sus hombros anchos, de su pelo hirsuto y envolvente como una nube, ella pusiera tildes con las joyas para acentuar su presencia. Se miró las manos con el anillo solitario de matrimonio mientras llevaba el café mañanero a la boca. Nuria no conocería a Inés, ni siquiera le debía preocupar en este momento en que conocería a la chiquilla que su hija había incubado.

Dio un mordisco al pan con mermelada y apreció el silencio y la luz. ¿Por qué Renata no le había dicho nada de su embarazo ni del nacimiento de la niña?

¿No podría haber tomado el teléfono para darle una noticia de ese tamaño? ¿Se la iba a compartir a todos en su fiesta de cumpleaños? Renata sabía ser reservada; ahora que Nuria y Carla habían destapado de nuevo noticias de ella, lo confirmaba. Como cuando el padre de Renata la ayudaba a ensayar algún ejercicio teatral en el estudio, donde a veces se encerraban en la preparatoria para estudiar, o para llamarle por teléfono a alguno de los chicos o chicas de clase, o para planear cómo escaparse a la fiesta de los grandes, a la que los padres de Alejandra no le darían permiso de asistir. A Alejandra le fascinaban aquellos diplomas en metal enmarcados que llenaban las paredes, con las obras de teatro y el nombre del padre, las cien representaciones, las quinientas, las mil. Este y otro reconocimiento, esta y otra estatuilla, esta y otra foto en blanco y negro, con aquel pelo abundante detrás de las orejas, la nariz prominente, los ojos intensos; otras en color, con disfraz o todo vestido de negro por el teatro tan contemporáneo que hacía. Aparecía el foro de Santa Catarina en Coyoacán, donde les gustaba ir porque era redondo, eso era un reto adicional para la puesta en escena y por la cercanía del público, y podían rematar en Las Lupitas con unas chimichangas.

Qué admiración sentía al ver al padre de Renata convertido en otro. Severo, el humor no era lo suyo, oscuro, ese era su elemento.

Incisivo, también. Un día le dijo a Alejandra que por qué no actuaba, que su belleza mora sería un elemento muy atractivo. A Alejandra le entusiasmaba oír esos comentarios cuando comía en casa de su amiga, aunque rara vez estaba el padre y Aneshka, callada y dulce, preguntaba algunas cosas y contaba otras muy de cuando en cuando, de sus padres, de la nieve en su lugar de origen. En un marco de *pewter* sobre el trinchero del comedor, estaba retratada con un abrigo y uno de esos típicos sombreros rusos de astracán, a Alejandra le recordaba al doctor Zhivago. Alguien dijo que fue Miss Ucrania, pero tal vez era un mero rumor por su belleza. Los compañeros de clase iban al teatro no por ver la obra del padre de Renata, sino con la esperanza de que Aneshka estuviera entre los espectadores. Tal vez saber que el padre de Renata era un hombre de facciones toscas, bajo de estatura, con un ojo más chico que el otro, les permitía soñar que serían dignos de poseer una belleza del tamaño de la rusa, inalcanzable.

A veces querían saber qué era vivir en la URSS, eso de que todos fueran iguales, que no hubiera pobres, ¿era cierto que todos tenían zapatos, leían, estudiaban? Pero Aneshka desviaba el tema y Renata presumía las huellas rusas en su casa: el samovar sobre el trinchador del comedor que brillaba lustroso (junto a la foto de su madre), pero nunca se usaba para el té, y la colección de libros de autores rusos, algunos en cirílico, pues su madre así los leía, la mayoría en español. Chéjov era la tarea de Renata, un cuento al día, el libro con papel cebolla en su buró. Era el compromiso con su padre para hablar de ello, para mostrarle que era capaz de interesarse en las letras clásicas rusas, premisa que él le había exigido para entrar a la escuela de teatro. «El actor tiene que ser culto y sensible, hablar con los muertos para poder hacerlo con los vivos. Es un médium». Turguénev aguardaba en fila. Alejandra sentía envidia de la disciplina de su amiga cuando veía la formación de los libros en el buró. Ella en cambio tenía revistas lustrosas con las que reían cuando las ojeaban juntas. Renata necesitaba esos permisos de ligereza, de mundo «normal». Siempre le decía a Alejandra que la suya sí era una casa. Algunas veces Renata usaba aquellas blusas blancas de algodón fino bordadas en rojo y negro, en el cuello y alrededor del codo, atadas en el escote, como de cuento, como de estampa de libro ilustrado. Su madre se las había traído de un viaje reciente. Alejandra quería una así, pero Aneshka no volvió a su país.

Solo quedaba Carla para compartirle la visión que la había atormentado, la que había guardado como si se hubiera comido el candadito de aquella canción infantil. Quizás para desmentir su intuición, para pretender que no era cierto, porque el actor le imponía, porque el escenario de tapetes orientales, de sillones de lana, de cojines de colores le daba la sensación de vivir en un mundo suelto, moderno y confortable, no lo había contado. Pensaba que era su imaginación, aunada a la estrechez y los comentarios de sus padres ante un escenario diferente, lo que la hacía sospechar de otra historia. En su casa, los escasos libros, todos uniformados, colecciones que su padre había comprado en abonos, en visitas de los vendedores de enciclopedias y libros, eran la pauta lectora; en la mesa, las dos mujeres de Lladró, largas, grises, etéreas, no podían ser tocadas; las carpetas tejidas por la abuela protegían los brazos de los sillones; la Última Cena, aunque con relieve en madera y apenas insinuadas las siluetas, acompañaba al comedor, igual que la fotografía de boda de sus padres, con aquel vestido pegado al cuerpo de su madre, que caía como una cortina y se arremolinaba a sus pies, retoques de color en los labios y la flor de papá en el ojal.

Cuando Carla apareciera a desayunar se lo diría, estaba segura de que sería difícil verse de nuevo. Ya no pensaba volver a México. Paladeó el café y dejó a la luz, que pasaba del rosado al blanco, treparse por el mantel e iluminar el desarreglo de los restos de la noche. Si no se hubiera ido, Esteban habría limpiado ya todo. Ella sacudió las migas de memoria incómoda e indiferente al apetito de los pájaros.

Cuando el padre de Renata llamó a su hija para asesorarla en el ensayo de aquel ejercicio teatral, Aneshka preguntó que si ella y Alejandra podían ver el ensayo. El padre ni siquiera respondió; Aneshka le pidió que no se tardaran mucho, estaba Alejandra, dijo. Luego, en la mesa pequeña, entre la cocina y el comedor, dando la espalda a ese pasillo que conducía al paraíso de los reconocimientos, Aneshka le preguntó a Alejandra cómo iban sus estudios. Alejandra respondía mientras observaba las manos blancas y finas, donde brillaba el anillo con un gran zafiro, enrollar y desenrollar una servilleta de lino; seguían bebiendo el café de la sobremesa, ya frío, sin que a Aneshka le importara y sin que atendiera lo que respondía Alejandra, pues volvía a preguntar algo que ya había contado. Pero ¿qué te interesa?, ¿la televisión, la radio o el periodismo escrito? Alejandra ya había dicho que el reportaje televisado era lo suyo. Las dos veían el reloj, Aneshka se levantó pretextando que ya era mucha descortesía hacer esperar tanto a la amiga, cuando oyeron la puerta y los pasos. Pero Renata no fue hacia ellas, se escuchó el azote de otra puerta. Alejandra también se puso de pie, suponiendo que el padre había descalificado el esfuerzo de su hija por hacer las cosas bien. Aneshka le dijo que era mejor que se fuera a su casa; aun así, Alejandra quiso tocar la puerta del cuarto de su amiga y despedirse, pero no recibió respuesta.

Carla apareció, contrariada por el mensaje que leyó de Nuria.

—¿Cómo que se va? —dijo y luego escucharon sorprendidas un motor por la vereda—. Tal vez sea João —comentó Carla, juguetona.

Desde la mesa del emparrado distinguieron la camioneta de Esteban. Alejandra no fue a su encuentro, no quería ver a Mario y extender un nuevo adiós. Volvieron a verla partir. Luego escucharon los pasos y la voz. Alejandra comprendió que no era momento de soltar aquellas añejas sospechas.

27

—Seguramente yo estaría volando cuando Milena pariera. Mario me contó que hay un programa para ver el parto en tiempo real. Leonel está al tanto. Así que más café, puede ser en cualquier momento. ¿Quieren acompañarme? —Nuria escupía las palabras ansiosas—. Esteban me recomendó que mejor usara en mi nieta el dinero que me iba a costar este vuelo intempestivo. Tu marido es un santo, Alejandra. Ya llevábamos una hora de carretera.

—Y Mario muy práctico —dijo Alejandra mientras vaciaba café en la taza de su amiga. Le alegraba tenerla de nuevo—. Ya empezaba a extrañar el ruidito de tus pulseras.

Carla no estaba para celebrar las veleidades de su amiga.

—Así que me iba a regresar yo sola en el avión —reprochó.

Nuria puso un poco de azúcar al café ignorando a su amiga.

—La necesito. Muchas emociones.

—Yo también y no le pongo. —Ser invisible era lo que más podía fastidiar a Carla.

—¿Querías que te despertara? Conozco tu humor, te hubieras dormido de nuevo y ni siquiera te hubieras acordado. —Se defendió Nuria.

—A las amigas se les despierta, se les pide, se les sorprende, pero no las abandonas así, sin explicación, sin que te acompañen en tu decisión. Pero como no he sido mamá, seguramente no entiendo nada.

Carla se dio cuenta de que estaba haciendo una rabieta, pero ya no podía recoger las palabras que había soltado en la mesa.

—Tú y yo la íbamos a pasar muy bien. —Alejandra intentó apaciguarla.

—Busca el programa ese en tu celular para que veamos el nacimiento de tu nieta —dijo Carla, reponiéndose.

—No elegí entre mi hija y tú, si es lo que piensas. No lo tengo que hacer, nunca me pondrías en ese predicamento porque sabes la respuesta. —La embistió Nuria—. Y esto no se trata de ti, sino de mi hija haciéndose mamá. ¿Te das cuenta?

Carla sintió que había sobreactuado, aunque despertar esa mañana y tocar en el cuarto de su amiga para disponerse a desayunar, ver que la puerta cedía y encontrar el cuarto vacío fue un sofocón. Luego vio la nota bajo su puerta despreciada por sus pisadas al salir.

Las tres voltearon a la minúscula pantalla del celular, que daba la impresión de estar en la sala de parto. La voz de Leonel conducía la transmisión. Acercó la cámara al rostro de Milena, que parecía una chiquilla con la gorra azul que detenía su pelo.

—Hola, mamá. —Y agitó la mano saludando a todas cuando oyó las voces entusiastas de Carla y Alejandra.

Nuria no pudo emitir palabra, la emoción la estaba traicionando.

—Aquí estamos muy pendientes, tu mamá quería tomar cualquier avión, pero no la dejamos, se iba a perder este momento. —Salió al quite Alejandra.

La imagen se volvió borrosa.

Leonel volteó la cámara a su rostro.

—Van a ponerle el bloqueo para la cesárea. Y yo me voy a alistar.

Las tres guardaron silencio. Nuria se quitaba las lágrimas y se recomponía.

—No dejes de encenderlo en cuanto puedas.

—¿Quién lo iba a pensar? —dijo Carla—. Veremos el nacimiento de tu nieta juntas. Te veremos volverte abuela. —Y le dio un gran beso en el cachete.

—Los años no le han caído mal a Leonel —dijo Alejandra acomodándose en la cabecera.

Era verdad, pensó Carla, con esas canas salpimentadas y la tez morena y recia, se veía bien. No le había parecido así en los años del noviazgo, luego su sonrisa de dientes blancos, su boca evidente, la nariz aguileña y lo tosco de sus brazos y manos le parecieron varoniles. Quizás protectores.

—Tu prieto —le dijo Carla.

Alejandra aprovechó para traer algo de fruta, pan con mermelada y quesos para acompañar el momento. Carla y Nuria se concentraron en la pantalla del teléfono, atentas al momento en que Leonel apareciera de nuevo.

—Es un buen padre, el prieto —confirmó Nuria orgullosa.

Aunque la boda de Carla no había sido muy grande porque fue en el jardín de la casa de Anzures, pudo negociar quiénes irían además de la parentela y compromisos de sus padres y suegros, esa constelación de doctores que eran comunes a las dos familias: la pandilla social y laboral. Joaquín, por su lado, y ella, por el suyo, hicieron listas de quienes no podían faltar. Sus más queridos. Joaquín insistía en cuatro amigos: dos de la primaria y dos que habían sido sus compañeros de la universidad. Carla insistió en tres, con sus parejas, claro. Catorce ya no cabrían en la mesa. Ella no sacrificaría a ninguna de sus tres amigas. Podría ser que Renata fuera sola, Alejandra escogería entre alguno de sus pretendientes en turno y Nuria les quería presentar a su recién estrenada pareja. No la habían visto en tres meses porque estaba haciendo prácticas de campo.

Pensó en sentar a Renata con alguno de los amigos de Joaquín; seguramente cualquiera se intimidaría con la actriz, la imaginaba con un vestido tipo túnica o muy corto, sin brasier porque su poco busto se lo permitía, o hasta con una blusa medio transparente, una bandita dorada en el pelo, a lo *hippie*. O con un *palazzo*, quién sabe. No, los amigos de Joaquín no querrían estar con ella. No se rasuraba las axilas y las exhibía. O tenían esa idea de que, si era actriz, seguro se besaba en el escenario fácilmente e intentarían avances de mal gusto. Todavía creían en la virginidad como una virtud para sus futuras esposas, que no estaban en el horizonte. No. Imposible ese acomodo.

Decidieron sentar a Renata y a Nuria con la pareja sorpresa en la mesa del hermano de Carla y sus amigos. Renata, la excéntrica, efectivamente fue sola y se la pasó bailando con un amigo de su hermano: el gordo Rovirosa, que era muy divertido y sabía bailar mambo. Y Nuria llegó cuando servían el banquete de la recepción, pues Leonel se mareaba en misa con el olor a cura, había dicho, y

Carla se había sentido. Era su boda. Que se aguantara el prieto aquel con el que cruzó el jardín hasta la mesa que compartían Joaquín y ella, como dos reyes solares, bellos y risueños. Carla y Joaquín habían crecido en esa familia de doctores amigos de sus padres, quienes en los congresos se llevaban a los hijos y estos se volvían falsos primos. Más importante que los parientes de Veracruz de su padre o los de Reynosa de su madre. Venir de fuera había atado a sus padres de manera rotunda con los amigos. Carla lo comprendió después, cuando la separación con Joaquín fue más que la disolución de un matrimonio, fue el cisma de familias. Ella sabía el porqué del drama, más allá de que quisieran a Joaquín como «un hijo más».

En el momento preciso en el que Nuria, con ese vestido volátil de seda amarillo, ceñido bajo el busto, y el sombrero de paja blanca con una flor amarilla, cruzó el jardín de la mano de un hombre moreno, hombros anchos, pelo espeso y andar confiado, sospechó las andanzas del cuerpo de su amiga bajo esos ojos abultados por la falta de sueño. Un frijol en el arroz, diría luego la madre de Carla: «Cómo es que Nuria de tan buena familia anda con ese renegrido». Era verdad que cuando Carla se lo presentó también pensó que su piel oscura desentonaba con los invitados de la boda, que no se parecía a Joaquín ni a sus amigos de la Ibero ni a los otros novios ocasionales que había tenido Nuria. Quizás le dio envidia esa desfachatez de su amiga, que aparecía como si esa mañana hubiera amanecido en brazos del amante y la ceremonia no le hubiera importado ni el olor a sexo enredado en el busto voluminoso que el escote mostraba con sinceridad.

«Mucho gusto y gracias», le dijo a Leonel cuando los felicitó con una mirada un tanto de sorna por el boato de la boda tradicional, por la convención y la riqueza. Todo eso era cierto, aunque luego se hicieron amigos Joaquín y él, compañeros de cantina, excursionistas de la Ciudad de México: la India, la Colonial, Madrid, el Fuerte de la Colonia, la Flor de Valencia, la Valenciana... Es jueves de cantina decían, justo el día en que las amigas aprovechaban para comer juntas. Pero eso fue después. Un año después de la boda de Carla y de que la madre de esta se atreviera a denostar al novio de su amiga, que dos años más tarde sería su marido.

Nuria interrumpió los pensamientos de Carla.

—Creo que ya…

Pero algo pasaba con el internet. Carla sobrepuso la imagen radiante de la recién enamorada, de quien ha descubierto la potencia del deseo y la elección, a la de la angustiada e inminente abuela.

—A ver —dijo y tomó el celular. Era hábil con la tecnología, su trabajo así lo requería. Leonel apareció en la imagen.

—Hola, Carla.

Explicó que aún no empezaba la cesárea y que como tomaba tiempo no iba a transmitir todo, solo el momento en que naciera la criatura.

Nuria arrebató el teléfono.

—No dejes de hacerlo. Hija, un beso. —Lanzó como si estuviera en una reunión.

Otra vez la pantalla en negro.

—¿Y si falla el internet? —preguntó Nuria inquieta.

Tal vez era por el momento que compartían, tan íntimo y solidario. Para destensar el aire, para distraer la espera y porque estaba harta de cargar aquello sola, Carla soltó lo que vio el día de su boda.

—Nos presentaste a tu prieto en mi boda. Hubieras visto los comentarios racistas de mi madre, lo que no le iba a permitir, pero hubo algo más ese día. Algo que nunca les conté.

En algún momento de la tarde, cuando ya pardeaba el día, después de mucho trote y abrazos, y beber cava a raudales, Carla necesitó un momento de silencio, de recogimiento. Entró a la casa con la intención de subir a su cuarto, pero estaba algo mareada, y el vestíbulo que conducía a los baños era un lugar demasiado expuesto para estar a solas. Eligió la sala de la televisión, por suerte no tenía llave, así que abrió la puerta y se deslizó sin encender la luz. El ventanal que daba al jardín de la fiesta iluminaba el espacio, a pesar de las cortinas que lo protegían. Entonces, antes de desplomarse en el sillón, los descubrió en la esquina de los libreros: su madre, de espaldas a ella, y el padre de Joaquín se besaban. El azoro la petrificó. Tenía que salir de ahí y no quería ser notada. Mientras retrocedía, sin quitarles la vista de encima, le pareció que su suegro abría los ojos, cubierto a medias por el perfil de su madre.

Cerró con cuidado, como si quisiese proteger de la luz pública la deslealtad hacia su padre, su suegra, Joaquín y ella misma. ¿Acababa de ocurrir? ¿Eran amantes?

—Mi madre debió saber que yo los había visto, pues impuso una distancia que no me permitiría reprocharle nada —concluyó después de contarles.

—¿Y Joaquín qué pensó?

No le había dicho nada, hacerlo era romper su propia relación. Todo ese tiempo había cargado con el secreto, ni siquiera cuando se separó de Joaquín le regaló aquel estoque de traición de su madre con el padre de él. No tenía caso, su madre había muerto, su padre la extrañaba y ella también, y tal vez decirlo solo serviría para reprocharle que su madre hubiera sido partícipe del júbilo por su matrimonio con Joaquín. Le parecía que era por las razones incorrectas.

—Ya no tiene caso que lo sepa. Patadas de ahogada, ¿no?

—Leonel percibió algo —confesó Nuria—, una mera hipótesis, que yo pensé que era por sentirse rechazado en tu familia. Malquistarnos con tus padres no era lo que yo quería para nosotras.

—Ahora sabes para qué regresaste, ¿verdad, Nuria?

Alejandra y su amiga la miraron confundidas, como si no fuera obvio que era para ver el parto, para estar, aunque fuera de manera virtual, en el nacimiento de su nieto.

—Nuria, Nuria —se oyó la voz de Leonel. Luego la cámara del teléfono apuntó al rostro de Milena, se escuchaban las voces de los doctores al fondo; la luz intensa sobre las telas azules que protegían el vientre de Milena dificultaba la nitidez. Leonel acercó la cámara al rostro de Milena bajo la pantalla de tela que ocultaba cómo los doctores le abrían paso a la criatura—. Acaban de decirnos que está por nacer, estoy listo para asomarme en cuanto ellos me digan.

Las tres guardaron un silencio reverencial, Nuria al centro, cobijada por sus amigas a cada costado. El teléfono estaba recargado en la jarra del jugo. Alejandra y Carla tomaron las manos de Nuria. No preguntarían nada, no dirían nada. Se oyó al doctor decir que ya estaba todo listo y a Leonel explicarle a Milena que estaba a punto de nacer su pequeña. Y luego, entre manos enfundadas en látex, la piel cetrina de las piernas de su hija y los lienzos azules, la violencia de la sangre, una criatura: ojos, boca, nariz, piernas y el cordón pendiendo de su madre. Mientras cada una suspendía la respiración, vino el llanto, el movimiento. La cara de Milena, Leonel sin grabar nada en específico, pedazos difuminados de colores. «Una niña, hijita, una niña», la voz entrecortada. Y luego Milena sin moverse, los brazos abiertos sujetos a los lados y solo esa sonrisa en la cara, donde las lágrimas escurrían hacia las orejas. Leonel recuperándose. Nuria diciendo: «Felicidades, hija, te adoro. Una niña hermosa, como tú», tomando el mando que la emoción de Leonel había secuestrado. Luego de un momento, una carita con facciones finas, tan diminutas como a ninguna le era posible recordar, apareció junto a la cara de Milena. Nuria soltó las manos de sus amigas, se tapó el rostro y lloró, con un júbilo y una distancia que esa pantalla no podía acortar.

—Se la llevaron para revisarla —dijo Leonel, la voz mecida de emoción—. Felicidades, abuela. —Y la comunicación se cortó.

Nuria miró a Carla, desesperada porque volviera a lograr la conexión, pero ni siquiera lo intentó.

Las tres se pusieron de pie y se abrazaron, como chiquillas, como cuando jugaban voleibol y celebraban la anotación. Como cuando se despidieron de Alejandra que se iba a Ámsterdam, en ese entonces, las cuatro.

Alejandra fue por la botella que tenía preparada: una champaña que quebró el calor de la mañana.

—¿Que a qué me regresé? —dijo Nuria recuperando la voz—. A que me vieran nacer abuela.

No era lo que Carla pensaba cuando preguntó. Lo que había contado palideció ante el espectáculo de la vida nueva, que era parte de las verdades que estaban en juego, las presentes y las del pasado, tan difíciles de desenlatar.

28

El sol mañanero bañaba dócil los sillones de la sala. Se habían protegido ahí del calor y una a una se quedaron dormidas, con el zumbido de los insectos tras el mosquitero. Alejandra contempló aquella lasitud. Sobre su regazo la cabeza de Carla, ella con los pies en el taburete, enfrente Nuria les daba la espalda, hecha bolita entre los cojines bordados. La había despertado el vibrar del teléfono en la mesa lateral, Alejandra tardó en reaccionar. El celular enmudeció y respiró aliviada de no tener que usar la voz para conectarse con el mundo. Alcanzó el aparato. Era difícil resistir la curiosidad de saber quién había marcado, recibía pocas llamadas. Y ahora que el hotel había empezado a funcionar, debía estar atenta, aunque el sistema de reservas usualmente era por agencia.

Con seguridad era su marido para avisar que habían llegado bien a Lisboa. A veces lo hacía, pero ahora que estaban sus amigas procuraba ser discreto: reconocía que era especial aquella visita nunca antes hecha y que Alejandra merecía gozarla lo más que pudiera. «Así se evita ir a México conmigo o que yo insista en ir», había dicho a sus amigas, que celebraban las atenciones de Esteban. «Es bueno, pero también sabe lo que está cocinando…, en todos los sentidos», habían reído con su respuesta. Carla se acomodó de nuevo, como si durmiera sobre la almohada y no en las piernas de Alejandra. No reconocía el número en la pantalla. Y era de México. Si urgía, volverían a llamar. Vibró de nuevo como un animal vivo. El mismo número, ni modo, se despertarían.

Cuando terminó la llamada, Carla preguntó qué hora era, como si tuviera alguna importancia ahí en Quinta Renata, y Nuria lanzó un «shhht» impertinente para que se callaran. Alejandra las ignoró:

—Era Inés, va a tomar el avión para Europa, trasborda en París y llega mañana a Lisboa.

Carla se incorporó alarmada, como si una realidad urgente la despertara.

—Vámonos —dijo medio dormida.

Nuria dejó de darles la espalda y se dio la vuelta para quedar recostada frente a ellas.

—Será mi cumpleaños, ¿recuerdan? —Alejandra ignoró el desatino de Carla.

—Felicidades —musitó Nuria, como si estuviera borracha. Los rizos cubriéndole parte de la cara.

—A ver, abuela, ya estuvo bueno de festejo y descanso. —Se rio Alejandra.

—¿Vas a invitar a João? —Se atrevió Carla.

Alejandra sonrió, aquel hombre de aspecto romano, misterioso y amable era atractivo. Era verdad que alguna vez se quedaron platicando hasta tarde sobre la mujer que João echaba de menos, y que Alejandra le dijo que él era un hombre guapo y valioso, pues le dolía verlo disminuido, acobardado por el abandono. João le había preguntado si a ella le gustaría ser pareja de alguien como él, era una pregunta orientada a las razones del abandono que no comprendía, y así lo entendía Alejandra, pero la respuesta de ella los colocó en una situación no prevista: «Desde luego, eres amoroso, dulce y guapo». Los dos guardaron silencio. João era amigo de Esteban. Alejandra quiso corregir. «Verás que el dolor pasará». Pero João tomó su cara entre las manos, como si la quisiera poseer o tragársela, y con los ojos húmedos de ternura, cuando ella pensaba con temor que estaba a punto de besarla, le dio las gracias y se fue.

¿Se lo cedería a Carla? Sabía que no pasaría nada, su amiga solo tendría el placer de contemplarlo. João era leal a la misma devoción silenciosa por ella, a su amistad con Esteban y al Alentejo: no se iría nunca de ahí, amaba los alcornoques, el caballo, la brega del campo. Era silencioso y suave; encontraría a alguna mujer o envejecería solo.

Nuria salió del letargo:

—Por favor, invítalo, necesitamos un antídoto para las emociones fuertes.

—Inés tiene treinta años, nació el año del temblor —afirmó Alejandra.

—Y antes de él —añadió Carla con cierta crueldad, que ya sentada y con el desarreglo del pelo se veía maltrecha, como si los años se pudieran disimular menos.

Alejandra pensó que la vertical le iba mejor a su amiga, ante el espejo se había estudiado lo suficiente para usar la ropa adecuada, al igual que el peinado, el maquillaje. Pero no se lo dijo porque sintió una extraña ternura por su empeño de parecer joven, cuando en realidad las tres tenían edad de ser abuelas. Renata en cambio estaba eternamente detenida en el tiempo.

—¿Cómo se imaginan que sería Renata ahora? —Podía intentar ventilar su zozobra de aquella tarde en casa de su amiga, oculta en un cajón como la última carta sin responder.

Nuria dijo que sería muy parecida a la que fue: apenas un poco de peso bien distribuido, embarnecida, pero con esas mismas caderas escurridas, vientre plano, brazos largos. El pelo corto si acaso salpicado de canas. ¿O sería totalmente canosa? Su padre era calvo y la rusa lo llevaba siempre teñido de negro.

—La boca pintada de rojo —añadió Carla— y zapatos de tacón, aparentaría un arreglo desenfadado, pero tendría toques de coquetería. Sabía de ello.

Alejandra notó ese gesto reprobatorio de su amiga, aquel que ya le había molestado en otro momento. Y como si fuera intachable, sintió la necesidad de elevarla.

—Sería una actriz famosa. —Pensó en voz alta—. Actriz a la que le harían homenajes.

—¿Usaría el mismo apellido que su padre? —preguntó Nuria.

—No —soltó brusca Alejandra—. Habría usado el de su madre alterado. Renata Iván. Y cuando alguien le preguntara: «¿De verdad es usted hija del fallecido Héctor Sartorius?», ella diría: «Sí, y me cambié el apellido porque sus manos eran sucias, porque su lengua entraba en mi boca, porque apestaba».

Un silencio pesado acochambró la placidez de apenas unos minutos.

—¿Te lo contó a ti? —preguntó Carla.

En realidad, no lo había hecho, apenas insinuó lo que Aneshka presentía y le ocultaba a Alejandra esa tarde. Las palabras precisas que ahora ella había dicho en voz alta eran suyas.

Fue en uno de sus primeros viajes a México, recién mudada a Lisboa. Había coincidido con la muerte temprana de Aneshka y había podido acompañar a Renata en el velorio. Se había quedado a dormir con ella en el departamento de la calle de Berlín, que después colapsó. Una cama con cojines hacía las veces de sillón en la sala, le gustaba la cocina de su amiga, que coleccionaba cafeteras y pocillos de peltre. Estaba furiosa con Patricio, aquello era un ir y venir desgastante. Ni siquiera se había presentado al velorio ni le había llamado ni nada. Todo era él, la figura central herida de celos por la chica joven que tenía otros amigos, amigos con los que también se acostaba. «¿Por qué no?, si tú haces lo mismo con tus exmujeres». Pero habían sido sus exmujeres, tenía un vínculo superior al puro sexo. «Chinga a tu madre», le había contestado ella. «Eres un dependiente. Yo puedo escoger el sexo por el sexo mismo y mi corazón no se compromete». Había dicho aquello como si fuera cierto, pero Alejandra lo dudaba. Conocía su primer amor por aquel chico, en la escuela; la había cortado para andar con otra más grande, la más popular de la prepa. Le había roto el corazón virgen e inexperto. Renata era de las raras: pocos amigos, pocas palabras, escuchaba trova yucateca, a Agustín Lara y Lucha Reyes, no se ponía aretes ni anillos. «¿Puro sexo?», le había preguntado Alejandra. «Si siempre has querido que te quieran», soltó a bocajarro.

Renata se sentó frente a ella en el suelo, le extendió el jarrito de peltre con tequila que había servido para las dos. «Sin mi madre y tú lejos, me quedo sola. Pero ya me conoces, sobrevivo. Soy actriz y nadie lo va a notar. Solo te digo una cosa: se acabó Renata Sartorius». Por un momento Alejandra malpensó que estaba anunciando un suicidio. «Estás loca. La vida vale mucho la pena». «Claro, tonta», se dio cuenta Renata de la confusión. «Me gusta mucho la vida, por eso mato a mi padre. Soy Renata Iván. ¿Te gusta? Ya lo había pensado desde antes. Ahora que ya no está mi madre, no la perturbaré, ella tan temerosa de Héctor».

—Solo me dijo que se cambiaría el nombre.

—¿Y cómo se apellida Inés? —inquirió Carla, insidiosa—. A veces la quiero perdonar.

Aquello había sido añadido *sotto voce*. ¿A Inés, a Renata? Alejandra no estaba dispuesta a recorrer ese velo al que Carla las invitaba, pero Nuria no lo evadió.

—Yo también. Era noviembre del año anterior a su muerte. Pasaría por ella a las siete de la mañana. Ni a Leonel le dije adónde iba. Toqué y toqué el timbre del departamento, llamé por teléfono. Esperé. Aún fumaba y encendí un cigarro, otros. A las ocho desistí. La iba a llevar a abortar. Pasaron varios días hasta que me llamó para disculparse, dijo que había preferido hacerlo sola. Le creí. Entonces, cuando la vimos para planear la fiesta de cumpleaños, Inés ya había nacido y el cuerpo de nuestra amiga no revelaba ningún cambio.

29

Había que darle vueltas al vino en las tallas. En ciertos horarios Esteban o Alejandra lo hacían, o cuando por alguna razón faltaba el encargado. Nuria agradeció el pretexto para dejar de atribularse. La maldita culpa era un lastre. Por más razones que le dieran sus amigas, le quedaba la sensación de que Leonel era el que había estado en el momento más importante de su hija: alumbrar. Ser madre. Se aplastó un mosco en el brazo.

—Aquí sí pican —dijo.

—Es por carnosa. —Se burló Carla unos pasos adelante.

Que se adelantaran todo lo que pudieran, ella necesitaba aplastar la tierra. Aventarle su coraje. Leonel siempre había sido el favorito de Milena. Ahora le sobrarían razones. Sí, claro, no se trataba de competir entre padres por el cariño de los hijos o por su preferencia. La razón se lo decía. La misma razón que cuando murió su padre desató la batalla campal entre sus propios hermanos.

Como era la más chica no le entró con la misma saña que los mayores, que dejaron de hablarse por años. Cada uno creía poseer la verdad de lo que debió hacerse en su enfermedad, o con la empresa que dejó y donde ellos poseían acciones, o con su madre, que tenía una pensión garantizada por el empleo de alto rango del difunto en organismos internacionales. Su padre pensó que les dejaba un patrimonio para la felicidad y cada quien jaló para su molino, su foto en exclusiva con él. Así que cada uno había tenido su momento privado, que les confería autoridad y cercanía con el ausente. Ella estaba tan despojada de los mimos que habían sido suyos largo tiempo, pues sus hermanos mayores crecieron e hicieron sus vidas mientras ella permaneció más tiempo en casa, que no tenía ni claridad ni deseos de pelear por nada.

Cuando sus padres regresaban, antes de que él fuera enviado a otra sede internacional, ella tenía papá para rato. Y luego, justo cuando empezó el cáncer, que tardaron mucho en identificar, prefirió la casa al hospital. Leonel ya existía, pero aún no se casaban. Su padre lo aprobó, dijo que era un hombre inteligente: «Aunque a veces eso no es suficiente». Muchas veces le volvía esa frase. ¿Qué significaba aquello? Aún no lo desentrañaba, o tal vez quería decir que la tenía que proteger y hacerla sentir especial, única, como él hacía con su madre, si no por qué había preferido ella siempre seguirlo a todos lados, por encima de los hijos.

Leonel la había hecho sentir así al principio y durante algunos años. Luego el guion del matrimonio se volcó en él. Y ella contribuyó a ello. Que tuviera tiempo para acabar sus proyectos, descansos, ella llevaría a los niños a sus clases, a sus fiestas, a la peluquería, al doctor. Ella podía trabajar en casa: dictámenes de publicaciones, trabajos por encargo. Sin autoría. Leonel en cambio firmaba con su nombre los libros que escribía. Académico ilustre. Leonel, autor de varios libros de interés en los noventa. Leonel, que escribía una columna en el periódico, que sabía el camino para la igualdad social, al que le dio por militar y perdió el sentido del humor. Ella no quiso ser nada ilustre. La paz del hogar, ese lugar común era lo suyo. Le gustaba cocinar. Le gustaba tener a la familia cerca. Salir de vacaciones. Hacer fiestas temáticas, cenas acertijo: convivir.

Cuando Carla le preguntó por qué se había divorciado de Leonel, después de que la viera tan conmovida por su papel de padre y abuelo, dijo que no sabía. Qué insensato había sido. No cosechó un amor parecido al que ella sintió por él, tampoco la alegría de la vida compartida con todo y su dejo de predecible y aburrida. ¿Por qué no bastaba la inteligencia? Se empezó a tomar demasiado en serio, a sentirse adalid de la transformación de la realidad, a amargarse y a criticar todo como si no hubiera algún camino loable en el país en el que vivían, en la casa que seguían pagando a crédito, en la familia que tenían, en el cuerpo gozoso de ella.

—Pinche mosco —volvió a decir. Pero sus amigas iban muy adelante, seguramente ya estaban en la bodega.

Pensó en su hijo Darío, tan distinto a Leonel. Recordó su sonrisa ladeada y su ser tan privado, el divorcio lo había hecho un chico peleonero en la secundaria, con pésimas calificaciones. Se había dedicado a perforarse: primero la oreja, luego el labio con una argolla, luego otra argolla en la ceja. Fue quien le ayudó a empacar para partir a Ensenada. «Qué bueno, madre (porque así le decía), que harás lo que tú quieres. Si el pan te sale tan rico como en casa, serás la mejor panadera de la ciudad». Cada quien había hecho su vida a placer y ella a medio placer. Porque seguía atenta, esperando los días que venían a comer con ella, incluso las noticias que le traían de Leonel, a quien había dejado de ver y de hablar porque ya no había motivo: los chicos eran adultos hechos y derechos.

Se vio la gota de sangre coronando el montículo del piquete, mientras marcaba en su celular.

—Pinches moscos portugueses —dijo al aire y buscando el refugio en la sombra de algún alcornoque. Esteban la había instruido en el nombre y su función. Proveían el corcho para las botellas de vino, ni más ni menos, aunque ya había visto en la tienda del pueblo cercano que también hacían bolsas, carteras y hasta cinturones de corcho—. Darío, hijo. —No lo escuchó responder de inmediato—. Soy yo, Nuria. —Algo parecía ir mal del otro lado, debía ser la señal ahí en medio del campo—. Parece que no está bien la comunicación. Te llamo más tarde desde otro punto. Estoy en el campo —gritó como si eso resolviera la falla.

—No, madre, te escucho.

Su voz era extraña.

—Felicidades, ¡ya eres tío! —Sabía que entraba en terreno difícil. Darío estaba muy enojado con el embarazo de su hermana. Le parecía una irresponsabilidad querer criar a un hijo sola, sin que mediara un padre. Pues qué era eso del pacto con un amigo. Y ese amigo, un bueno para nada, solo bonito y sano. «Por lo menos sabemos algo de su contribución genética», le había recalcado ella—. ¿Ya la viste? —Se atrevió.

Entonces escuchó el llanto de Darío. Ahí, en medio del verde seco del campo alentejano, con las ronchas salpicando sus brazos carnosos, la alcanzó la emoción de su hijo.

—Cómo quisiera estar ahí. Y abrazarnos.

—Está preciosa —dijo Darío, al fin.

Él era mucho más sentimental que Milena, juntos lloraban cuando veían alguna película, o en los mundiales cuando había un gol espectacular o perdía su equipo favorito. Luego Darío había aprendido a disimular esa lágrima fácil y se encerraba en su cuarto por lo que fuera. Tampoco aparecía cuando se trataba de muertes o cumpleaños, siempre tenía algo que hacer como estudiante y ahora como topógrafo, aunque fuera domingo. Atenta al parto de Milena, ella había olvidado a su primogénito, a quien le costó hacer volver a casa cuando se fue con el grupo de tatuadores. A eso se dedicaría. Prepa abierta, él no iba a tener un trabajo como su padre, no sería universitario, sino libre y creativo, y el dibujo se le daba; llenas de tigres las paredes de su cuarto, la pantalla de la lámpara, la colcha.

—Llego en tres días. —Nuria intentó consolar su propia desazón.

—Estarás encantada con Carmen, su cara es tan chiquita —dijo repuesto.

—¿La cargaste? —Debió haberla llamado por su nombre, Carmen, pero aún le costaba trabajo pronunciarlo.

—No, qué miedo.

Se sintió aliviada de que su hijo estuviera al pie del cañón con su hermana, ahora que había vuelto de Panamá; por más que reprobara aquel embarazo planeado, ya no lo podría hacer nunca. No ante la ternura evidente de la nueva vida.

—La cargarás cuando crezca un poco y tu hermana nos la preste y vengan el tío Darío y la nieta a visitarme a Ensenada, a que los consienta.

—¿Qué fue eso? —Darío oyó el chasquido del mosco aplastado *in fraganti.*

—Otro mosco más.

—Una vez te hinchaste como pelota en Cuautla.

—Esos eran moscos tropicales —contestó temerosa de que ocurriera de nuevo.

La voz de Darío ya había recuperado su temple. Imaginarlo en el hospital con su padre y su hermana, y ahora con la pequeña, le dio una sensación de que todo estaba en su lugar. Menos ella y sus brazos picoteados. Menos el nombre de la nieta, Carmen, como su abuela. Tal vez su hija había tenido una relación más cercana que ella con su madre, le preocupaba no haber notado la complicidad entre Milena y su abuela. Sintió que el nombre la colocaba en su sitio, tal vez si la niña se llamara Nuria hubiera sentido que homenajeaba su dedicación. Pero no era la madre todopoderosa, había querido serlo; reconocerlo le daba la humildad necesaria para saberse imperfecta ahora a la distancia de su familia, impensable antes. Había llegado a la bodega justo a tiempo: necesitaba a sus queridas amigas de toda la vida. Eran su espejo, su aire, su red.

Carmen, después de todo, era un bonito nombre.

30

Desde la cama, Carla podía seguir conversando con Alejandra mientras esta se pintaba el pelo. La puerta del baño estaba abierta y Carla le veía la espalda, mientras hablaba con el rostro reflejado en el espejo. Nuria había decidido tomar una siesta. La destreza de su amiga la impactaba, ella solo podía atender las necesidades de su arreglo en el salón de belleza.

—¿Cómo serías sin pintarte el pelo?

—Canosa y descuidada —contestó rápidamente Alejandra. Carla pensó que, ya que vivía en el campo, con una vida más bien rural de nulos compromisos sociales, podría darse el lujo.

—¿Es por tus huéspedes?, ¿por Esteban?

Alejandra se concentraba en los pincelazos de tinte y Carla en el color oscuro brillante que le había admirado en la preparatoria cuando traía el pelo suelto, pesado, lacio, con aquel movimiento de cortina cuando bailaban en las fiestas. El suyo era ralo, tenía que llevarlo corto y muy cuidado, las canas bien ocultas con un tinte claro y luces. Su cabeza dependía de los afanes de las chicas del salón y prolongar un viaje más de un mes no estaba en la agenda. Vaya dependencia absurda. Había pensado en dejarse las canas con un supercorte, pero entonces la dependencia sería el maquillaje para no verse como una cuija transparente. ¿O sería el miedo a verse distinta?

—Lo hago por mí. No soportaría verme otra. —Reforzó Alejandra su propia idea.

—Pero la otra es la del tinte. La que se disfraza.

—A esa es a la que conozco, no sé cómo me vería. En cuanto despunta la raíz yo me dedico a esto y ya está, soy la misma. Embarnecida, por decirlo elegantemente, pero no una cabecita blanca. —Se rio de sí misma.

Alejandra usaba túnicas o blusas sueltas que no enseñaban los sobrantes del tórax y las caderas, y de alguna manera, o quizás por ello, se veía saludable, fuerte.

—A esta más llenita que la que conociste me fui acostumbrando poco a poco, kilo tras kilo. Pensé en quitarme tres kilos para mi cumpleaños, pero heme aquí, con ellos invitados al festejo.

Carla pensó en que a veces se necesitaban motivaciones externas, la mirada de otro sobre uno. Que estar enamorada y agradarle a alguien ayudaba, que el deseo del otro, de otro, era un motor. Espió el contenido del buró: un marco con Esteban y Alejandra de la mano en un jardín. Constató el paso del tiempo, porque hasta la foto misma había perdido color e intensidad. Alejandra llevaba un copete alzado, ochentero, una blusa con hombreras, y la mirada y la sonrisa tenían un candor particular. Estuvo a punto de decir que lo de menos eran las canas, que lo que envejecía era el candor, esa luz virgen con la que se miraba el mundo, la pareja, los planes, el futuro, una misma como eterna y eternamente joven. Ahí estaba el libro que leía su amiga, uno que ella le había traído pues era una recomendación de su taller de lectura. *Fuego 20* de Ana García Bergua. Una historia fantástica alrededor del incendio de la Cineteca, cuando las casas del Pedregal eran el paraíso, un mundo de apariencias y formas de la época que la autora había captado muy bien.

—¿A poco no suena idéntico a como hablábamos en los setenta?

Le abanicó el libro desde la cama para que lo atisbara por el espejo.

—Y la ropa, y las calles, y los niños bien, y la esposa del político. Me encanta el diablo. Lo malo es que les da por leer a puras mujeres en tu taller —le respondió Alejandra, agitando el tinte en el recipiente de plástico.

—¿Qué tiene de malo? —Quiso defender la intención del círculo de lectura, aunque ahora la cuestionaba.

Leer escritoras había sido muy bueno al principio, porque hasta la lista les costó trabajo elaborar. Llevaban tres años, mes a mes,

155

degustando una novela distinta y había sido fascinante descubrir a Margaret Atwood, releer a Carson McCullers, a Elena Garro y sus *Recuerdos del porvenir*. Simone de Beauvoir y *La mujer rota* le empañaron el ánimo y la confrontaron hasta los huesos; de Rosa Beltrán le gustó el humor exquisito y una historia de familia en *El paraíso que fuimos;* Jamaica Kincaid, tan rara con su *créole*, tan caribeña y brutal en su *Autobiografía de mi madre*. *El amante* de Marguerite Duras era su favorita. A cada quien le tocaba recomendar alguna y había que tener una brújula especial para no empacharse de novedades y estar atenta a suplementos o librerías.

—Empieza a perder sentido el club de la Pequeña Lulú después de treinta y seis novelas. Son mucho menos visibles, pero en realidad lo que nos gusta es leer y conversar la lectura.

—Y tener algo en que ocupar la mente para algunas, me imagino; a mí me gustaría conversar de libros. Cada vez leo menos porque no sé qué leer.

—¿Hay librerías en español en Lisboa? Aunque por internet se puede conseguir todo —se respondió Carla—. Te está chorreando el tinte por la oreja.

—Pero tienes que saber a qué vas. Con Renata eso era perfecto, ella siempre tenía otro libro, además de las lecturas de la prepa. Entre las mujeres que leímos estaba Jean Rhys: *El ancho mar de los Sargazos*. Creo que ni siquiera reparábamos en que leíamos a mujeres u hombres. —Alejandra se quitó el menjurje viscoso de la oreja.

—Lo voy a proponer, es cierto. Solo me acuerdo que ocurría en una isla del Caribe y los negros le decían cucarachas blancas a esa familia venida a menos. Me daba miedo.

Alejandra terminó de colocarse la gorra de plástico y salió a la recámara, escogió la silla para sentarse frente a Carla y seguir hablando.

—Yo imitaba a Renata. Leímos juntas *Conversación en La Catedral* de Vargas Llosa. Y lo platicábamos. ¿Y sabes qué leímos a escondidas de mis papás? *El amante de lady Chatterley*. Lo forré de cuadritos para vestirlo de inocencia; como si mis padres supieran de qué se trataba, pero el título podía alertarlos. No te imaginas la parte sexual. Deberías proponerlo. Un autor que sabe describir lo que significa hacer el amor para una mujer. Caray, ahora que te lo cuento, no lo he olvidado.

Carla sintió el alambre eléctrico que se tensaba desde el cuello a la cintura cuando algo la perturbaba.

—Nuria y yo no llegamos a llevarnos nunca como Renata y tú.

—Claro que sí, lo que pasa es que con Renata pasaban cosas fuera de la norma.

—Nuria también vivía fuera de la norma. —Carla parecía reconocer que ellas, las más conservadoras, habían necesitado la temeridad de sus dos amigas. Por lo menos habían tenido sed de ello.

Alejandra puso el despertador en su celular.

—No se me vaya a pasar.

Carla quería preguntar lo que la venía atosigando desde que Alejandra anunció que vendría la hija de Renata. Pero se hacía tonta y evadía el tema, como cuando miraban *Seventeen* y *Glamour* de jovencitas y no decían lo que las carcomía por dentro: que si los padres, que si los permisos, que si las piernas flacas, que si dejar de ser vírgenes, que si eran bonitas, que si envidiaban esto o lo otro, que si se sentían solas, o raras o inciertas o demasiado felices, que si probarían la mota, que si su entrepierna se humedecía cuando veían películas o soñaban despiertas. Pero Inés flotaba en el cielo y en el techo de las habitaciones como un satélite de Quinta Renata, como un pasado que se había hecho presente.

—¿Cómo dices que te encontró Inés?

—Me dijo que alguien vio una foto en Facebook de un grupo de amigas y una era idéntica a ella. Una foto vieja. Nosotras. Quién la subió a Facebook, quién le dijo mi nombre o cómo dio conmigo es algo que no sé. Pero recibí un mensaje en Facebook que decía: «Soy hija de Renata y quiero conocerte». Solo eso —confesó por primera vez Alejandra, contando la historia completa—. Luego hablamos por teléfono, cuando pude tomar aire y reponerme de lo que podía ser una broma, pero no lo era. Porque la vi en sus fotos y claro que era hija de Renata. Lo único que sé, y que ya le preguntaremos cuando esté aquí, es lo que me escribió en un correo, después de que le dije que tenía que venir a mi cumpleaños, que estaríamos las de la foto. «Me acabo de enterar de que mi verdadera madre murió en el temblor del 85. Yo nací en junio de ese año».

—Tienes que leer *Autobiografía de mi madre*, ¿o lo tendrá que leer ella? —respondió Carla evasiva después de una pausa áspera—.

En aquella novela la madre de la protagonista muere durante el parto… junio del 85, nueve meses atrás muy probablemente seguía la relación con Joaquín, o con Joaquín y Patricio. —La corriente eléctrica la hizo dar un pequeño grito, como si las cervicales le aprisionaran el nervio y hablaran por ella.

Alejandra la miró perpleja, pero Carla se sobó el cuello por respuesta.

—Estos tirones de cuello.

La alarma sonó.

Tal vez Alejandra no escuchó lo que le dijo cuando se dirigió al baño para quitarse el sobrante de tinte y quedar tan joven como entonces eran en aquella foto. La foto que estuvo enmarcada sobre la cómoda del estudio en la casa compartida con Joaquín. La que las cuatro tuvieron, la que esperaba la llegada de Inés a la sala de esta casa.

—Creo que sé quién subió la foto.

31

«¿Por qué la escena de un día puede parecerse tanto a otra?», se preguntó Carla mientras se maquillaba de cara al espejo y Nuria desde la cama conversaba con ella. Las recámaras del hotel habían quedado muy bien. Sobre el escritorio, en una de las paredes al costado del ventanal, había información sobre la región, la cooperativa de Vidigueira y los horarios de desayuno. Una botella azul proveía agua fresca. Las camas dobles y espaciosas y el baño moderno y minimalista, todo muy despejado, madera y loseta clara. Las colchas de piqué blanco portugués adornadas con cojines en franjas marrones iban bien con la tranquilidad de la tierra. Con la luz mañanera del ventanal, a sabiendas de que el desayuno sería a las diez, pues Alejandra había pedido dormir mucho el día previo a su cumpleaños, sin Esteban y sus horarios precisos, las amigas se arreglaban.

Carla pensó que Nuria hacía lo mismo que ella la víspera con la anfitriona. Conversar con su imagen en el espejo. Ella reviraba los comentarios también mirando a Nuria, aunque estaba a sus espaldas. Si se le miraba con detenimiento, la escena era surrealista. Teniéndose la una a la otra cerca, pero no de frente, eran ellas, las del espejo, las que hablaban. Le hubiera gustado, como cuadro de Remedios Varo, ver sus sombras enfrentándose mientras lo «correcto» sucedía en el cristal, en el azogue que era una versión virtual de cada una. Por la forma minuciosa en que Nuria aplicaba el barniz a cada uña de los pies, suponía que estaba harta de navegar en las aguas profundas de la culpa, la distancia y la maternidad. Porque no acostumbraba pintarse las uñas.

—Qué poca gente viene al hotel, solo nos ha tocado tu alemán. Bueno, te ha tocado a ti —dijo Carla divertida, siguiendo con la mirada las pinceladas color coral en los dedos recios de su amiga, mientras ella sombreaba los párpados en ocre tenue, solo para verse algo mejor que de cara lavada. Si no podía soportar las canas, menos su semblante descolorido, sus cejas ralas, sus labios pálidos.

—Acaban de abrirlo, qué esperabas —dijo Nuria apenas levantando la vista hacia el reflejo de Carla.

—Que llegue otro extranjero. —Se rio. Le hacía bien ocuparse de animar a los demás cuando ella quería atajar los fantasmas que se apelmazaban a su alrededor—. Qué bueno que no los vemos en el espejo. —Se le escapó el pensamiento.

—Ahh… extranjeros y sexo frente al espejo —la siguió Nuria.

Carla no explicaría que pensaba en los fantasmas, ya su añeja amistad los había hecho presentes. Joaquín y Renata lo eran para ella. Los escombros la depositaban de nuevo frente al dolor de su propia pérdida, no sabía que le tocaría estar de desenterradora en este viaje. Quiso salvarse: se concentró en el espejo y la desnudez. En Íñigo, que la ponía frente al espejo amplio de su cuarto, sin ropa, para que contemplara la reacción de su cuerpo mientras él la tocaba, para que observara la boca distendida, los ojos intentando volver a la imagen virtual como si fuera otra. Era difícil ser la acariciada y la que espiaba, ser dos en el mismo reflejo. No se lo contaría a Nuria, le constaba que con las emociones más íntimas siempre ocurría como en aquel cuento de Chéjov. En «El beso» aquel hombre enamorado contaba las circunstancias de su alegría, el beso furtivo en el pasillo. Lo contaba a otros dos soldados, en dos minutos, tan rápido que sentía que envilecía su arrebato. Lo disminuía. Había confidencias que era preferible no ventilar, aunque ganas no le faltaban cuando sus amigas la molestaban suponiendo el no sexo con «el viejito», el mismo que la colocaba frente al espejo para que mirara las manos de él en sus senos, en la cadera, recorriendo los muslos, como si solo importara el recorrido de sus manos y no él ni la voluntad de Carla; el ingeniero que tenía quince años más que ella, dos hijos, tres nietos, dos exmujeres, un Mercedes, dos verrugas, un talante hosco por las mañanas.

No lo contaría.

Tampoco diría que Joaquín era en cambio un hombre muy dulce, siempre lo fue: guapo, con esa nariz recta y los ojos color miel en una cara que le recordaba a Robert Redford en sus buenos años. Tanto se lo dijo que a los cinco años de novios él le compró un Ford Maverick rojo de segunda mano para sorprenderla; la nota en el volante decía: «De tu Red-ford». Era un chiste bobo, pero lo festejaron mucho en aquellos años niños, cuando las caricias que empezaron sobre la blusa eran arremetidas tímidas y torpes. Ella pudorosa con sus deseos, atada a la colegiala prístina, la niña bonita que él había adorado desde el principio, aún casados. No traspasar la línea, qué condena: ser los mismos de día y de noche, en la cocina y en la cama, en el trabajo y en la cama, en las cenas de Navidad y en la cama, frente a los aparatos del gimnasio y en la cama. Los dos se habían equivocado, como inexpertos, como si tuvieran que ser la foto en el buró de sus padres. Como si las dos familias vigilaran su conducta. Si hubiera platicado con Renata de sus temores sexuales, de su relación íntima con Joaquín, tal vez las cosas hubieran ocurrido de otra manera y no a trasmano.

—¿Tú crees que Renata se miraba desnuda en el espejo de la entrada de su departamento? —le preguntó a Nuria.

Entonces su sombra se escurrió por el piso a sus espaldas y encaró a Nuria: «Yo creo que se miraba mientras se masturbaba y obligaba a Joaquín a mirarla: doble vista, de frente y espalda».

Nuria reaccionó ante tan inesperada pregunta.

—Yo creo que se miraba desnuda, aunque estuviera vestida. ¿Qué? ¿Te acordaste de aquel espejo barroco dorado e inmenso que tenía en el vestíbulo?

La sombra seguía impertinente: «Así que tú sabías que estaba embarazada, por algo solo te dijo a ti».

—Sí —mintió la del espejo. Ahí se habían tomado una foto las tres cuando se arreglaban para la boda de Alejandra. Llevaban sombreros estrambóticos, deseosas de lucirlos en el jardín. La madre de Nuria se los había prestado. Sus muchos compromisos sociales le habían permitido esa colección, y el asombro de ellas, cuando los sacaba de sus cajas redondas, con las que viajaba a veces. O volvía de viaje—. ¿Qué pasó con los sombreros de tu mamá?

Nuria terminó de pintarse las uñas. La sombra reculó.

—No te dije nada porque me pidió guardar el secreto.

—¿El secreto de los sombreros? —Se asombró Carla.

—Fue el día en que le llevé las cajas con sombreros para el grupo de teatro. Nos paramos frente a ese espejo y se levantó la blusa y preguntó si notaba algo en su cuerpo. Qué iba a notarlo si tenía muy poco tiempo. Era su manera de darme la noticia y pedirme ayuda.

—¿Y nunca te preguntaste por qué te eligió a ti y no a mí?

La sombra y ella eran una misma, ahora que caminaba hacia la cama, mientras Nuria cerraba el barniz y lo colocaba en el buró.

—No —dijo con cierta presunción por haber sido elegida para la misión.

—No es motivo de orgullo.

—Ahora que sé que hay una hija, claro que no.

Carla se contuvo, las dudas aún la sostenían y evitaban que perdiera el control.

—El espejo se habrá hecho trizas en el temblor —dijo, aconsejada por la sombra.

—Los sombreros también —les contestó Nuria, a Carla y a su sombra.

32

—Este coche huele a él. —Jugueteó Carla.

João les había prestado su coche, las amigas no le preguntaron a Alejandra cuándo había sucedido aquello:

—¿Y cómo es ese olor? —dijo Nuria.

—Madera con toques de romero y miel. —Fantaseó Carla.

Parecía como si el peso del pasado se hubiera transferido a los espejos pues las tres iban ligeras. Nuria dijo que qué bueno que salían, así podría comprar algún regalo y no solo presumir la maravilla que eran las tijeras de cuatro hojas para cortar perejil.

—Uno cuenta enseñando objetos, cosas concretas —asentó Nuria, más para ella que para las otras.

—O lonjas. —Se rio Alejandra—. Aunque hoy vamos a comprar vino para beberlo mañana en mi fiesta.

—No voy a contar mis borracheras. —Se defendió Nuria.

—Pues entonces te quedarás muda. —Bromeó Carla.

Ya habían hecho el *tour* por la cooperativa, entonces no volverían a ver el proceso desde que llegaba la uva procedente de muchas quintas, su apretujamiento en tinajas y luego la prensa que sacaba el primer jugo de lo que luego providencialmente, pasado el tiempo, era el bienestar del cuerpo. Algo que ahora compartían era que a las tres les gustaba el vino. Nuria lo había aprendido a tomar en casa, donde siempre había botellas de todas partes del mundo, en una cava que parecía nunca acabarse y de la cual se beneficiaban no solo sus padres, cuando había reuniones de familia o amigos de visita en México, sino todos los amigos de Nuria. A ella le gustaba el vino chileno de uva carmenere, por el cuerpo de esa uva prófuga que subsistió solo en el extremo sur del continente americano, decía que le gustaba su voluntad de permanecer. Carla se regocijaba con los vinos blancos, un tanto cítricos y secos, el Pouilly-Fumé con el ahumado sutil del terreno francés donde crece la vid era su favorito. Había sido Íñigo con sus costumbres de *bon vivant* el que la había llevado al Lipp en México a probarlo. Lo mejor de ese lugar era su carta de vinos y lo que sabía el dueño. Carla comprendió que con el vino blanco nunca se podía pasar uno, traicionaba menos. Del mezcal estaba curada de espanto; cuando su madre murió había dicho las peores cosas a su hermano o las verdades que él no creyó, y por eso dejó de frecuentarla. Sabía que el mezcal era mal consejero. Aunque Nuria no opinaba lo mismo; Leonel era un gran bebedor de mezcal y no por eso hablaba de más, solo hablaba más de sí mismo. Las tres se rieron cuando lo confesó, les gustaba la idea de perderse en un mar de uvas, de tanteos y de tener voz y voto en la elección.

—Esteban estaría haciendo esta tarea, pero así armamos una cava para mi cumpleaños a la medida de las tres —dijo Alejandra traviesa.

Alejandra no sabía nada de vinos cuando llegó a Portugal, fuera de la bonita botella del Padre Kino que luego hacía las veces de florero y del subidón que era tomar un Calafia en México. En su casa, para los festejos, las cubas o el vodka eran lo usual, si acaso cerveza, pero en la mesa había aguas de fruta. El vino lo probó de boca de Esteban, literalmente, no porque él le hablara de ello, sino porque en aquel restaurante en Holanda le dio una probada del suyo: uno francés. Ahora las preferencias de Alejandra eran el tinto pero suave, más la uva touriga que la cabernet, más el sol constante extremeño que el dramático norte de España. Esteban insistía en que en Portugal tenían que lograr la potencia y elegancia de los vinos Ribera del Duero españoles o la franqueza de los Riojas. Le hablaba en chino, pero poco a poco se le fue educando el paladar hasta que encontró los que le cuadraban y él estuvo satisfecho de no tener que pedir por ella si iban a algún restaurante.

Ya en la cooperativa, caminaron frente a la fila de *pick ups* y carretas atestadas de uvas, que esperaban su turno de descarga directo hacia la sala de degustación. La chica joven que les había dado el *tour* estaba ahí para recibirlas. La boca roja, el pelo oscuro, vestido de jersey borgoña pegado, los hombros descubiertos: ella misma parecía una botella de vino. Carla estuvo a punto de decirlo en voz alta. La amistad podía ser como el vapor del vino flotando en el aire, que las hacía risueñas y exaltadas.

Alejandra, como dueña y señora de la escena, presidió la mesa rectangular donde se sentaron esperando la salida de las botellas y su escanciar en las copas que hacían fila frente a cada una.

—¿Sabían que Vasco da Gama fue premiado con estas tierras después de sus rutas de navegación hacia la India? Era conde de Vidigueira.

—Yo creía que tu marido era el conde de Vidigueira. —Se rio Carla.

—Eso que no hemos empezado a probar —dijo Nuria, mientras la chica impertérrita servía cada uno de los vinos y daba su explicación.

Resultaba que la uva Antão Vaz llevaba el nombre del esposo de la sobrina de Vasco da Gama, quien entendía de agricultura e introdujo una uva muy buena para vino blanco, pues su tío que sabía de navegación le encargó el manejo de sus tierras. Las tenían entretenidas esas historias de familia mezcladas con los nombres de los vinos.

—Es más —dijo la chica recitando lo aprendido—, seguramente han oído hablar del poeta Luís Vaz de Camões, pues fue hijo de Antão Vaz y Guiomar da Gama, y en su célebre poema épico «Lusiadas» cuenta las hazañas de Vasco da Gama.

Las tres ansiaban que empezara la aventura del paladar, ahora aderezada con anécdotas que no cambiarían el sabor, pero que ilustraban el entendimiento y que le daban a Vidigueira una conexión con el pasado, con la redondez del planeta.

—¿Podemos? —dijo Nuria con cierta insolencia y queriéndose ahorrar los pasos que la chica dictaba: girar la copa, oler, retener en la boca, pasar despacio.

Después de probar varios: el Vila dos Gamas, blanco y tinto, y pasar a sus más preciados Vidigueira Antão Vaz blanco y Vidigueira Alicante Bouschet tinto, optaron por dos botellas de los primeros y cuatro de los segundos. Carla aprobó la acidez cítrica del Antão Vaz, y Nuria, la potencia del Alicante Bouschet, que como explicó la chica era el que más premios había recibido, pues esa uva francesa de origen resultó más vigorosa en tierras portuguesas. Alejandra les murmuró por lo bajo que el Quinta Renata estaba mejor que cualquiera, pero era un secreto. Se sentían como en *El festín de Babette* conforme sus mejillas iban tornándose rosadas o bermellón, sus ojos se encendían como inundados del sol del viñedo y su piel se entibiaba, mientras la lengua se regocijaba en la tarea de las papilas.

—¿Papilas o pupilas? —preguntó Nuria un tanto avispada.

—La gimnasia de las papilas se asoma por las pupilas. —Sonseó Alejandra.

La chica de la cata no entraba en su ánimo y más bien parecía incomodarse con el pacto de las viejas. Cuando uno de los trabajadores trepó al coche las cajas de una elección mixta y quizás insensata, pero al gusto de ellas, se abandonaron a la libertad de los asientos que les permitía aflojar la risa.

—La *sommelière* se va a quejar con los socios —dijo Alejandra divertida.

—A la chica botella de vino le hace falta que la descorchen. Le deben haber pasado por la cabeza su madre o sus tías libando, las imaginó envinadas y le disgustó su descompostura. —Se atrevió Carla.

—Libar, vaya palabra, desde la prepa no la oía. —Nuria hizo un gesto reflexivo.

—¿Y la descompostura solo es privilegio de jóvenes?

Alejandra tomó carretera, pero hacia el lado opuesto del regreso a casa.

—No me apetece llegar a cocinar.

—Ni quien tenga hambre, con el queso que nos dieron basta —dijo Nuria—. La chica fue empeñosa en que no se nos treparan los trece grados de alcohol por botella.

—Trece y trece veintiséis, y trece, treinta y nueve, y trece… —Sumaba Carla.

Por las ventanas del auto entraba la ráfaga de aire tibio del final del verano y cada una se dejó amodorrar por el calor, irse cuerpo adentro para no pensar; así habían catalogado los efectos del vino. El vino podía ser una vacación de la que siempre una era. Alejandra disfrutaba manejar esas carreteras estrechas con hondonadas que antes habían sido camino de carretas, seguramente desde tiempos romanos. No se podía ir muy rápido y el paisaje era suave y no complicado, como eran los caminos que salían de la Ciudad de México donde había aprendido a manejar en carretera. Aquí podía dejar rodar la cabeza sin esfuerzo, como si fuera la llanta del coche dando vueltas. Nada que apremiara demasiado. El mismo deseo por Mario se iba despegando como el hule de la llanta que hacía fricción con el asfalto. Un sueño pasajero. Quizás lo peor era dejar de fantasear, no tener una sola idea locuaz, que todo fuera un molde cuajado en yeso. Por eso le gustaba el campo, el crecimiento de las plantas la sorprendía. Ahí, a diferencia de su trabajo en la televisión, el mundo no era de apariencias ni de quedar bien. Se trataba de mediar entre el sol, el agua, la poda, las plagas, el aire, la tierra. Era lidiar con lo apremiante, tal vez era parecido a tener un hijo: cubrir sus necesidades.

Cuando escogieron la sombra del laurel en aquella plaza solitaria, Alejandra les dijo que para ella estar en el campo era una especie de maternidad. Las plantas la requerían como un recién nacido y la tarea nunca acababa.

—Estuvo buena la combinación de vinos —dijo Nuria—, tal vez hay que hacer un vino Alejandra con la mezcla que traemos puesta. No me quedaba muy claro por qué ahora eres tan feliz de campesina.

—Amamantas al campo. —Se burló Carla.

—No me lo propuse y al principio abominaba salir de Lisboa cada fin de semana.

—Yo no podría tener tu vida —dijo Carla mirando el pasmo de la tarde. En una de las mesas lejanas había cuatro ancianos vestidos de oscuro. Cada tanto salía el tendero que les decía algo, ellos parecían contestarle una broma o aceptar lo que ponía en la mesa—. Yo necesito rascacielos, construcciones de hierro y cristal, piedras, un mundo de edificios que me atrape y me emocione. Estoy haciendo mi lista de grandes ciudades que no puedo dejar de conocer.

—Te gusta el caos —dijo Nuria.

—Para nada, las ciudades son una forma del orden. Adoro el ruido. —Señaló los pájaros que se acercaban a la fronda.

—Pero las ciudades no te necesitan. —Reviró Alejandra, que había descubierto esa relación nutricia con el campo, su lugar ahí. No había tenido ocasión de explicárselo a sí misma.

El sol estaba por caer y los pájaros, primero discretos y luego en parvadas, como niños que regresan a las aulas después del recreo, se acomodaban entre las hojas y se volvían invisibles para ellas, que solo oían sus graznidos.

—Siempre me pregunto de dónde llegan.

—¿Vienes seguido? —Carla se sorprendió. Habían pedido una ronda de oporto que el camarero colocó sobre la mesa.

—Para ver a los viejos. —Alejandra sonrió y mientras alzaba la copa brindando con ellos desde lejos, demostraba que era cierto—. Aquí me siento una chamaca.

—¿Qué son sesenta años? —Quiso ser graciosa Nuria.

—Muchos —dijo Carla.

—Sobre todo si ves esta foto. —Alejandra sacó el marco con la foto que había quitado del mueble sin que ellas lo advirtieran y la puso sobre la mesa. Eran las cuatro amigas un poco antes de que ella partiera a Holanda. Se las había tomado don Nico, el mesero que había sido niño de Morelia y que las conocía de tiempo atrás, sentadas en el café Auseba.

Alejandra del lado derecho, los ojos moros encendidos, la cara angulosa y un par de arracadas doradas asomando entre el pelo negro brillante y largo con fleco abultado. La seguía Renata, con el pelo abundante corto y rizado, peinado de lado y cayendo sobre el ojo derecho, su barbilla sostenida por la muñeca donde aquel reloj de gran carátula delataba su obsesión teatrera por la hora, la boca carnosa en una sonrisa contenida y su mirada retadora. Luego Carla, con la nariz recta, la piel nacarada y la mirada astuta, el pelo rubio cenizo en una melena corta partida por el centro en línea directa con el camafeo de la gargantilla que llevaba. Y a la otra orilla Nuria, mostrando sus dientes sanos y parejos en una sonrisa abarcadora, el pelo ondulado y brioso, los pómulos saltones y las manos con las que sostenía la cara cuajadas de pulseras.

—Qué bonitas —dijo Nuria.

—Si Renata estuviera aquí viendo la foto, estaría arrugada de tanto fumar, la mirada misteriosa y sombría, el mismo reloj, un mechón azul en el pelo de la frente —dijo Carla—. No se habría hecho cirugía.

—Ni yo —dijo Alejandra.

—Yo sí, no soporto mi cuello fruncido.

—¿Les digo algo? —Rompió Nuria la contemplación de la que fueron presas—. Yo estoy a gusto ahora. La de la foto necesitaba a tantos otros para estar bien. Ahora no tengo insomnios, puedo dormir sola o acompañada, también disfruto estar conmigo. No necesito demostrar nada. La juventud está idealizada. Yo creo que tú vienes a ver a los viejos porque te gusta que se reúnan —le dijo a Alejandra revelándose a sí misma esa verdad.

Los pájaros habían sincronizado su algarabía con el crepúsculo. Entre más morado el cielo, más llegaban a refugiarse en los laureles convertidos en una ciudad aérea y vegetal. El tendero que les había servido el oporto preguntó si querían algo más y descubrió la foto. Alejandra le dijo en portugués que eran ellas. Y él señaló a cada una conforme las fue reconociendo, puso el dedo en Renata e indicó con los dedos que no estaba. Las tres asintieron sonriendo, sin dar mayor explicación.

—Por lo menos nunca se tuvo que preguntar qué era dejar de ser joven —dijo Nuria y aceptó la intención del mesero de tomarles una foto. Le entregó su celular. Se apretaron para caber en la foto cuando sintieron la nube de pájaros robarse la luz que quedaba. Pero el tendero indicó con un gesto que había quedado muy bien.

Cuando la vieron en la pantalla, notaron la sombra al lado de Alejandra, parecía ocupar el espacio de la ausente. Reclamaba su lugar entre ellas: dejar de ser la eterna joven de la que hablaban, condenada como despojo de la ciudad, pero inmutable en sus memorias. Se sintieron impúdicas. Fingieron que no era nada, pero sabían que era el retrato de su ausencia, el recordatorio con el que habían insistido los espejos en días pasados. Quizás porque el espejo garigoleado del vestíbulo de su departamento fue el último testigo de su paso despavorido, mientras el edificio crujía desdentado, y aún hecho añicos reflejó el carrusel de ositos columpiándose sobre la cuna de Inés.

La sombra se borró con el trinar desbocado de los pájaros hacia la noche.

33

Antes de irse a dormir, Alejandra insistió en repasar las funciones de cada una para el festejo del día siguiente. Un emparedado o algo que las sostuviera durante la mañana no era mala idea, mientras en la cocina Carla y Nuria tomaban nota de sus quehaceres.

—Carla, la mesa. En ese cajón están los manteles, los cubiertos, ya sabes dónde. Platos y copas de festejo, en el mueble aquel antiguo que era de la tía de Esteban. Somos cinco a la mesa.

—¿Inés viene con alguien? —preguntó Carla.

—Viene João. —Alejandra lo soltó con naturalidad mientras rebanaba el jitomate para los sándwiches—. Inés no dijo que viniera con alguien.

—¿Los hombres en las cabeceras? —Alejandra notó la emoción contenida de Carla mientras preguntaba.

—No tendrá una aventura pasajera, Carla. —La previno.

—Para eso se necesita un pasajero en tu hotel. —Se inmiscuyó Nuria.

Pero Alejandra había bloqueado el hotel esos días, su festejo no era uno más. Sesenta, dos veces treinta, merecía más que el pastel y el oporto del 55 que Esteban iba chiquiteando en cada cumpleaños desde sus cincuenta. Lo extraño era que la partida de Mario del país y la llegada de Inés relucían más que sus sesenta años en compañía de sus viejas amigas. Le parecía que ella había permitido eso. Sabotearse la exclusividad, a pesar de que todo había sido planeado con antelación.

—Hasta el 21 no hay reservaciones. Inés ocupará un cuarto, el otro lo dejé por si João quiere quedarse. Se trata de beber sin cortapisas.

—No pensaste en mí —dijo Nuria molestándola—, deberías haber aceptado un danés entre tus inquilinos.

—Tú pondrás las flores. Yo voy por ellas temprano al mercado del pueblo. Busca jarrones por todos lados, eres libre de usar lo que sea, pero tiene que haber flores.

—Mi abuela era una viejita rechoncha a los sesenta. —Se rio Carla.

—Acuérdate de que la juventud está sobrevalorada ahora —agregó Nuria, dando una mordida a su sándwich—. Las abuelas no queremos ser rechonchas, buenas y acomedidas.

Alejandra las dejó en la cocina. No les había dicho de la *playlist* preparada con Esteban para su celebración. Había olvidado que era ella la reina del día, no las víctimas del temblor del 85: la muerta y la sobreviviente. Por eso habían venido sus amigas: para celebrar la vida. Y la muerte había rondado cada uno de los días de su estancia como si arrastrara el fantasma que ella misma había decidido anclar nombrando la Quinta Renata.

Pensó en João y su talante suave, su mundo de campo, pero limitado, su incapacidad para superar el abandono de su mujer, pensó en los hombres frágiles, preguntándose por los que dejaron sola a Renata, y se alegró de que Esteban no fuera así. Era un hombre decidido, desde el primer día que la eligió y la sedujo, y que la poseyó, y le dijo que era la mujer más hermosa del mundo, que su risa sonaba a campanadas de cristal, que no podría irse de París sin la certeza de que pasaría el resto de su vida con ella. Y ahí estaba, dueña de lo que seguía pareciendo el resto de su vida. En algunos momentos la idea la había asfixiado. «¿Esto es todo? ¿No hay posibilidades de explorar más?, ¿de prueba y error?, ¿de ver cuántas Alejandras soy yo?».

Una vez había hecho su maleta en Lisboa, tenía el boleto para México: había peleado con Esteban y estaba cansada y vulnerable. Su hombre era demasiado callado y ya no la retenía con mimos ni con sorpresas. Debía saber que estar lejos de todo y todos los suyos requería la desmesura, un espíritu barroco que la colmara de amor, de luz, de cobijo, que llenara los espacios vacíos. Pidió el taxi para el aeropuerto. Había dejado una nota: volvería, pero necesitaba aire. «Lo siento, Esteban». Pero estaba dispuesta a abrirse a la vida de nuevo, a que pasara cualquier cosa. El aburrimiento y la soledad la estaban secando. Javier, aquel pretendiente de sus años universitarios, un hombre afable y ahora un destacado arquitecto, se había divorciado, la había localizado, se habían escrito y él le había dicho lo importante que había sido ella para él. «Eres la primera que me puso de cabeza el corazón». Eso quería oír. Las primeras veces quedaban sepultadas con los años y tanto se daba por hecho.

Pero Esteban había visto la nota a tiempo y la había alcanzado en el aeropuerto, la voceó porque no la veía en el mostrador y no lo dejaban entrar a la sala, pero Alejandra no apareció. Luego enseñó su credencial de periodista y dijo que era una entrevista importante, una actriz mexicana que haría una película en Portugal y necesitaba la nota. Su cara de súplica y su galanura, además de que alguien por ahí lo reconoció por su presencia en la televisión pública, le consiguieron el permiso, y cuando llegó a la sala se dirigió a ella y la tomó de la mano. Alejandra sorprendida se dejó llevar por el pasillo hasta un ventanal, mientras anunciaban el abordaje de su vuelo que haría una escala en París para luego llegar a la Ciudad de México.

Y entonces dijo la frase de Jacques Brel seguida de: «Mi corazón es tuyo, Alejandra».

Pensó que era el guion previsible de una telenovela.

—*Ne me quitte pas* —insistió Esteban.

—Necesito irme.

La abrazó con tal fuerza que casi podía oír retumbar su corazón contra sus costillas, como si le penetrara el pecho. La besó. Le dijo que era torpe. Que su mexicana necesitaba mucho más de lo que él estaba dando. Las palabras ya no le importaron, fue la fuerza del corazón de Esteban incrustado en su cuerpo lo que le reveló la verdad. Lo amaba.

Cuando regresó a la cocina con la computadora, las chicas ya habían abierto una botella de vino, no se pasarían el sándwich en seco. Llegó reanimada, como niña ansiosa de fiesta.

—¿Saben dónde está mi verdadera pasión, además de estos campos? En la bailadera, por eso preparé un banquete de piezas para bailar.

—Yo creí que tu pasión empezaba a exaltarse con João —siguió Nuria con su talante bromista.

Alejandra respiró aliviada de que no hubieran notado lo que ocurría entre Mario y ella.

—Para nada. Todo suyo, chicas; pero él es hombre de anclas fuertes. No quiere veleros. En eso es como mi Esteban.

Se dio cuenta de que pronunciaba *mi* Esteban con singular orgullo, con la claridad que había vuelto a amenazar con fugarse. Permanecer al lado de la persona con quien has construido una historia, recuerdos, y querer seguir construyéndolos es quizás una de las empresas más interesantes y retadoras. Lo decidía ahora.

—Pero la bailada nadie me la quita con Esteban o con quien sea. —Se rio y le dio *play* a la selección mientras se encaminaba a la sala.

«You Really Got Me», «Crimson and Clover», «Piece of My Heart», «Hey Jude», «Sony» sacudieron el aire, se acomodaron en las sillas, pusieron los codos en la mesa del comedor, se atrincheraron en los sillones. «(I Can't Get No) Satisfaction», «I Will Survive», «Behind Blue Eyes», «One» treparon por las repisas, se filtraron bajo el tapete para elevarlo, llenaron las vasijas de barro negro, despegaron los mosaicos. «Our House», «To Love Somebody», «Hotel California», «Tuesday Afternoon» se escurrieron dentro de los vasos, se enredaron en los tobillos y rodearon las muñecas de cada una. Las amigas abandonaron su lasitud y sintieron el resorte antiguo de la música en la que habían macerado sus años inexpertos, sus tanteos. La música que las había hecho soñar y las devolvía a ese sueño, «Midnight Confessions», «I Was Made for Lovin' You», «Aquarius», «Purple Haze», el cuerpo arqueándose, fuera zapatos, los pies resistiendo el embate del cabrioleo, las rodillas presumiendo lozanía y acercando el torso a tierra, los brazos surfeando el aire viciado de brío rockero. «Comfortably Numb», «No Milk Today», «House of the Rising Sun», «Operator», el ombligo luciendo su desparpajo, sus ganas de comerse el mundo, la cabeza insolente mirando a las otras, coreografías desparramadas, el pelo de Nuria volando, «Breakfast in America», los pies de Carla dando saltos, la cabeza de Alejandra girando de derecha a izquierda. «Black is Black», «250624», «Aqualong», en el penduleo del tiempo que las hacía chiquillas otras vez, irresponsables y gozosas.

Y cuando empezó aquel *A long, long time ago, I can still remember how that music used to make me smile...* Las tres estiraron la melodía como si la tendieran al sol y se detuvieron con ella, cual caballos esperando que levanten la barrera, *something touched me deep inside*, el corazón golpeando las pieles renovadas, *the day the music died*, los brazos dibujando olas suaves que arrastraban el cuerpo, las caderas. *So bye, bye miss American Pie*, las tres coreando, *them good ol' boys were drinking whisky and rye*, sus manos simulando el vaso que llevaban a la boca, las tres ensartando brazos y hombros en camaradería de garaje, de banda improvisada, sintiendo que las notas se suspendían, el clavadista esperando la lengua de agua en La Quebrada, *can you teach me how to dance real slow...* y a todo tren *bye, bye miss American Pie...* Hasta acabar tendidas en los sillones con la música muerta y los cuerpos quemados y satisfechos, *this'll be the day that I die.*

34

Habían ido gustosas aquella mañana del 19 de septiembre por las flores que Nuria tendría que acomodar. La impaciencia no las podía retener como en los primeros días, cuando ir a darle la vuelta a la gran pala de madera en las ánforas donde las uvas densas fermentaban era suficiente actividad. El desayuno lo había dado la chica que atendía los cuartos del pequeño hotel y la bailada de la noche les había provocado un hambre desatada: jamón, queso, huevo duro, mermelada, pan. La conversación que se iba por las ramas y Nuria diciendo que ya se le hacía larga la hora del festejo.

—Ya pasaron las 7:19 —dijo Carla—, por suerte.

Nuria no había pensado en el temblor, en la hora exacta; la ocupaba la llamada con su hija en la madrugada. Afortunadamente, había escuchado el timbre del teléfono, como si el instinto de madre, ahora abuela, se hubiera aguzado de nuevo. Milena lloraba. Nuria sintió un puñetazo en el estómago, ni «Hola, mamá» ni nada, llanto. Habría pasado algo terrible con la bebé. La adrenalina alertando su cuerpo rendido.

—¿Hija?

—Qué mal, mamá.

Las palabras a la distancia, sin los ojos, sin el tacto, solo el tono de voz por vehículo, cobraban múltiples significados. Estar lejos. O lo que sea que le hubiera ocurrido a Carmen. Los bebés son tan delicados y tan fuertes. Se le agolparon las imágenes de los recién nacidos que rescataron una semana después de la mañana infausta entre los escombros del Hospital General. Estaban vivos, habían resistido el hambre, la falta de piel de madre, tal vez aún arropados en sus minúsculas cobijas que por color identificaban su sexo. Inés, entre los escombros. ¿Quién la había rescatado? Estaba demasiado nerviosa, un océano que no permitía el abrazo y el silencio. El pasado enredado en el presente, la muerte amenazando la vida como una mala sombra, un ave negruzca y espesa.

—¿Qué pasa, hija? —Fingió calma.

Nada del otro lado, el llanto que se iba sosegando.

—¿Está bien Carmen?

La palabra tejía un lazo de amor aún sin mirarla, solo por nombrarla, un nombre dulce a pesar de la distancia de Nuria con su propia madre. Carmen, su madre, la condenó a ser la que entonces fue cuando, en los últimos meses de su vida, le entregó aquel frasquito de cristal antiguo. Dijo que, aunque ahí los romanos guardaban las lágrimas derramadas por los muertos, ella había puesto tiempo. Lo había llenado de él, para que todo el tiempo que no le dedicó a Nuria, ella lo dedicara a sus hijos. Que no lo olvidara. Un frasquito de tiempo.

—Yo quería un niño, mamá —por fin habló Milena.

Nuria sintió el alivio entrar por la nuca y llegar hasta la punta de los pies, aunque no comprendió ese súbito desdén por la criatura.

—Es hermoso tener una niña. Mira, una niña que puede ser madre: como tú.

Milena se recompuso, como si la joven que se gobernaba a sí misma, la que no necesitaba ya del frasquito que su madre le abría esa mañana de México desde la madrugada en Portugal, rescatara a la que estaba a merced del agua revuelta.

—No en este país, mamá. Ser niña es que te violen, que te maten, que te descuarticen, que te secuestren a la salida de la escuela, del metro.

Nuria nunca pensó en eso cuando nació Milena, ni ahora con Carmen, ni nunca con ella misma. Los espacios se abrían, los hombres que ella elegía no la usaban como objeto, o sí y no lo había nombrado, los había pensado aliados, compañeros. Caray, ver así el nacimiento de una criatura, el futuro de su nieta...

—Carmen estará bien —dijo desinflando el nubarrón que Milena había instalado.

—La sobrina de Andrés está desaparecida.

Andrés, el amigo que la respaldaría, el amigo donante, pero no padre. Milena pareció leer su silencio.

—Ya sé que piensas que Andrés no es de fiar, mamá, porque no estuvo en el parto, porque no está ahora. Pero ese fue mi trato. El mundo cambió, mamá, el mundo no admite a Carmen. —Y con aquella ferocidad lobuna volvió a descobijarse y sollozar.

—Siento mucho lo de su sobrina.

Entonces lanzó su red protectora, dijo que se podía ir a Ensenada a vivir con ella, estaba más tranquilo que en la Ciudad de México, o a otro país. Que siempre habría lugar para Carmen, que tal vez el país cambiaría, aunque esa promesa no la podría sostener, pero no lo dijo, como tampoco que el país en que vivía su hija no se parecía al que le tocó a ella, pero quería ser optimista. Siempre. Y no quería que Carmen creciera con esa esfera de miedo, ni su hija llena de temores.

El llanto agudo de su nieta a lo lejos impuso su realidad.

—Tú siempre le ves el lado bueno a todo —dijo Milena enojada y colgó.

Pero a Nuria la había tranquilizado la verdad inminente del hambre que Milena tendría que solucionar. Eso les tocaba a las madres, una manera tal vez absurda del optimismo para sobrevivir.

—Le dije a Milena que pueden venir a vivir a Ensenada, ella y Carmen —le contó a Carla mientras bebían café.

Su amiga la miró extrañada, Nuria le sostuvo la mirada: tal vez no tener hijos cambiaba la perspectiva de las cosas. Tal vez no. A ella no le hubiera gustado perderse para siempre de la renovación y la continuidad. No tenía respuestas. Solo sabía que le crecían amores involuntarios, como el que ahora empezaba a sentir por Carmen.

—¿Segura?

—Le aterra la violencia contra las mujeres.

—A mí la violencia, punto. Que se vaya si puede, pero a otro país.

Nuria la miró extrañada; había pensado que su amiga la apoyaría dándole la razón sobre lo desmesurado del temor de su hija, pero no.

177

—¿Y tú lo has considerado para ti?

—Sí, pero no. Tengo un trabajo que me gusta, un departamento que es mi burbuja, un gimnasio, un club de libros al que voy, vivo en una zona que puede ser cualquier lugar de edificios modernos, pero con el clima de la capital, y con la muchacha que limpia y plancha. Y viajo y tengo a Íñigo y mucha pereza de cambiar. Vivir con miedo ya nos es tan natural que no lo pensamos. Lo aceptamos. Pero si tuviera la edad de Milena, me iría.

Nuria miró el reloj Cartier que aparecía elegante y discreto en su muñeca.

—Este es el tercero, los otros dos fueron mi cuota en los asaltos.

Nuria la miró perpleja. ¿Sobrevivía comprando un nuevo reloj que sería un posible botín? ¿Prefería insistir en ser rica? ¿No se iba a plegar al paisaje de las simulaciones?

—Ahí viene —dijo Carla cuando escucharon el motor del auto.

Alejandra detuvo el auto y las dos se subieron aliviadas de alejar la violencia de casa y de no tener que contar los minutos para la llegada de Inés. Nuria quiso estar borracha para ahogar la asfixia que le producía la desazón de su hija y la contraparte real que afirmaban las noticias y que un día podía tocar a su puerta. La puerta de Andrés, el padre genético de Carmen, estaba demasiado cerca.

Un amigo le había dicho que si no leías ni escuchabas noticias en un mes no te perdías de nada. «No dejes tu serenidad en ello. Lo urgente e importante pierde importancia de manera pasmosa». Y era real, en Ensenada mucho de su vida y preocupaciones se circunscribían a lo local, las catas de vino, la apertura de nuevos negocios, el atardecer, los arreglos de aquella casa vieja en el acantilado o la librería Del Mar, por ejemplo, donde conseguía recetarios especializados de pan, que eran sus lecturas: crónicas de panaderos, recetas, variantes, el trigo, el maíz, el centeno, tipos de levadura, tiempos de cocción, hornos, las virtudes de la masa madre. Sus manos ensartadas en el amasijo tibio, esponjoso, dócil a fuerza de manoseo. Escuchaba música y cada semana compraba el periódico, y sí, por ahí se enteraba, pero solo un día. El presente, como la hechura del pan, la tenía tomada. Y lo agradecía, pero ahora se sentía negligente con una realidad que afectaba a su hija, por ejemplo. Pensó en el bello nombre de Carmen, tan dulce, y en cómo abrir esa botellita que le había heredado su madre y sacar tiempo y cordura para que vivieran las dos en paz. ¿Le tocaba a ella?

—Ya baja de tu nube. —La instó Carla.

—Sobre todo si vas a hacer los arreglos de flores para celebrarme —agregó Alejandra.

Nuria se rio.

—Sabes que con tu cumpleaños en realidad nos celebramos a las tres.

—A las cuatro —dijo Alejandra.

—¿Podríamos alejar a los muertos, amiga? —pidió Nuria. Carla por el espejo retrovisor le hizo una señal de aprobación.

—O recordarlos —pidió Alejandra.

—No más de lo que merecen. —Soltó Carla intempestivamente. Nuria presintió que encendía una tea.

—No hay que ser egoístas —espetó Alejandra su disgusto.

El silencio entró con el calor del campo, atravesó las ventanillas del auto y revoloteó el pelo de Nuria. Quería ocultarse en él un rato. Sentir, como cuando era niña y nadaba en las vacaciones, que solo existían ella y el agua. El agua que en lo hondo de la alberca le hacía bailar el pelo en cámara lenta frente a sus ojos. Quiso no tener que enfrentar el día, ni el regreso ni la responsabilidad de dar felicidad y certeza a los suyos. Solo esa suspensión de sí misma en el calor, como cuando se te quedan los ojos posados en algo y tu cabeza está pensando otra cosa, solo eso. Pero fue preciso volver los ojos a su sitio cuando Carla dijo serena:

—Yo creo que Inés es hija de Joaquín.

35

El olor a ajo y tomate, a laurel y tomillo recibía a Carla cada vez que pasaba de la terraza a la casa. Alejandra preparaba la bullabesa en la cocina, mientras Carla cumplía con lo asignado y disfrutaba la sensación de que había tiempo de sobra, o así parecía; una vez estirado el mantel blanco con deshilados sobre el tablón de la veranda pondría los cubiertos y servilletas. Había algo reconfortante en esa tarea y en hacerla temprano para luego poder dedicarse al arreglo personal. Hacía calor y se había recogido el pelo en lo alto de la cabeza en una escobetilla ridícula, como cuando se metía a bañar con Íñigo y le daba vergüenza usar la gorra de baño, pero no quería mojarse el cabello. Le gustaron las cucharas grandes que tenían en la cómoda del comedor y que usarían en el arranque de la cena. ¿Y si a Inés no le gustaban los mariscos?, ¿o si era alérgica a los camarones? Alejandra no había pensado en eso, pero era su fiesta e Inés una invitada inesperada.

Pensó en la disposición de esos seis lugares mientras los cubiertos flanqueaban los sitios donde después habría manos, brazos, caras con voces y gestos y risas. Esteban ocuparía la cabecera más próxima a la entrada de la casa, y João, la opuesta. Alejandra estaría al costado derecho de Esteban, viendo hacia el jardín arbitrario donde alguna rosa esperaba su momento de florecer, y junto a ella tendría que estar Inés, les tocaba la vista privilegiada. Nuria y ella se sentarían una al lado de la otra, mirando a la casa. Si quería estar al lado de João tendría a Inés de frente. Observaría la forma de sus cejas, para ver si eran delgadas y largas como las de Joaquín, o si coincidían en algún lunar, o en el rostro anguloso, o en la forma de las manos. Mejor que Nuria estuviera al lado del portugués guapo. Aunque ahora que les había contado su sospecha, todas mirarían a Inés con el mismo escrutinio.

Era preciso hacer tarjetas con nombres, nadie había pensado en ello, y ahora le parecía urgente.

Su corazón retumbó, como la primera vez que dio una plática a los empleados de la fábrica de complementos nutricionales para motivarlos a ser ellos el ejemplo de lo que ofrecían a la venta, consumiéndolos. Se topó con rostros que estaban muy ajenos a su énfasis en la importancia de los aminoácidos, de las proteínas completas, del balance de minerales, de los índices glucémicos. Había un abismo helado entre sus palabras y la gente, en realidad ella no servía para la exposición pública, por eso había estudiado nutrición, para trabajar en un gabinete, para experimentar. Admiró a Renata por atreverse a ser otra en público o mejor dicho por convencer a los demás de que era otra. Las manos le sudaron y se apresuró dentro de la casa a buscar los cartones que necesitaba rotular. El olor que ya delataba la contribución de los frutos de mar la suavizó.

—Huele muy bien —le dijo a Alejandra en la cocina.

—Prueba. —Extendió el cucharón a la palma de Carla.

Su amiga llevaba la cabeza llena de tubos gordos, como en alguna caricatura de otra época.

—Que nadie te vea ahora —le dijo señalando su cabeza tecnológica, al tiempo que aprobaba con un gesto el sabor de la bullabesa.

En el cajón que le indicó su amiga estaba una libreta de la cual arrancó unas hojas y las dobló por la mitad para que se sostuvieran. Rotuló con cuidado los seis nombres, al final las cuatro letras del nombre incómodo. Fue cuando cayó en la cuenta de algo que ninguna había mencionado o, tal vez, había estado siempre entre líneas. Renata debía estar ahí, Inés era su emisaria. Las cuatro riéndose cuando se robaron el brasier del departamento de lencería de El Palacio y tuvieron que ver a quién le quedaba, pues fue de prisa, sin mirar talla, era de encaje color coral. Algo no visto en un mundo de beiges, blancos y atrevidos negros. La ganona resultó Alejandra, pues sus pechos embonaron como gelatinas en un molde. Renata y ella eran de senos muy pequeños y Nuria sufría por el volumen de los propios hasta que decidió exhibirlos con desparpajo. Eran «las niñas de los ojos de Leonel», se burlaban cuando aquella relación le dio orgullo por su cuerpo. Tomó una última hoja y escribió «Renata», por el placer de caligrafiar aquel nombre tan extravagante en la generación de Patricias, Anas, Guadalupes, Claudias, Gabrielas y Mónicas. Luego la arrugó y buscó el cesto para tirarla.

Sobre la cómoda estaban las botellas que se usarían por la noche, aunque faltaba lo que Esteban seguramente añadiría, como sibarita y anfitrión que era. El tequila que ellas habían traído en la maleta estaba al frente, como un guardián orgulloso de su origen agavero. Qué ganas de relajarse con una copita. Pero se habían prometido no beber nada hasta la hora del festejo. ¿Y si Nuria la secundaba? Solo una.

La buscó en el garaje, donde había instalado su mesa de trabajo; las flores yacían desparramadas, como dormidas y esperando el beso del príncipe para entrar en acción. Algunos jarrones ya tenían su dotación: unas menudas color lavanda. El perfume floral ocupaba el espacio penumbroso y fresco. Le vino de golpe el aroma a nardos, sus flores favoritas. Procuraba que hubiera dos o tres en el tablón de entrada del departamento. Cuando Joaquín se fue, abandonó la costumbre; la felicidad era tan dependiente del agua como el manojo de flores. Cuánto polvo del pasado se estaba levantando. Salió al camino con más prisa de convencer a su amiga de la necesidad de un traguito relajante. La descubrió entre los naranjales cortando ramas verdes.

—¿Ya acabaste? —le preguntó Nuria cuando la alcanzó.

La verdad era que quería distraer sus pensamientos, pero no se lo dijo, se conocían lo suficiente como para que Nuria lo adivinara. Carla recibió las ramas para que Nuria siguiera dando con las tijeras a otras que podría acomodar en los jarrones.

—Qué bien huele aquí. —Carla inspiró.

—Respira hondo porque nos vamos en dos días.

Carla sabía que quería decir otra cosa, siempre en realidad estaban diciendo otra cosa. Respiraría hondo porque comprobaría que Joaquín era el padre de esa chica, y ¿qué haría con eso? Ya habían pasado demasiados años de desamor. ¿Existía el desamor? Se lo preguntaba por primera vez ahora que había hecho flotar la presencia de Joaquín entre ellas. ¿Era amor con un signo negativo? Pero, entonces, ¿era una forma del amor?

—¿Y si abrimos el tequila? —dio por respuesta.

—Una copita no hace daño —dijo Nuria y, como quien no quiere la cosa, añadió—: A Patricio, Renata lo dejó de ver después del verano del 84.

Carla se sorprendió de que Nuria tuviera ese dato preciso.

—Vamos a la cocina —dijo mientras caminaban para dejar las ramas en el tablón del garaje.

Alejandra las recibió sorprendida cuando entraron juntas, echándole montón.

—Tenemos una idea…

Fue inflexible y las dos, como niñas regañadas, salieron de la cocina y pasaron frente al regimiento de espirituosos con recelo. Intercambiaron miradas como si fuera posible hacer trampa. No podría ser el tequila porque la botella era nueva, pensó Carla, y era lo que pedía su ánimo en ese momento. Pero Alejandra ya las miraba espiar las botellas.

—¿Y sus tareas?

Se veía tan ridícula como supervisora mandona con cabeza de tubos, que las amigas soltaron la carcajada.

—Está bien. —Se resignó y sacó los caballitos, mientras Nuria llevaba la botella a la mesa del comedor, donde las tarjetas esperaban su turno para identificar los lugares de los comensales—. Solo una.

—¿Por qué sabes que Patricio ya no veía a Renata? —preguntó Carla después de medio caballito y sin poner a Alejandra en antecedentes.

—Estaba dolido, le había cerrado la puerta por viejo y mujeriego, me contó él, y le daba miedo que estuviera tan enamorada de él.

—Qué engreído —dijo Alejandra—. Me caía mal. Renata se volvía una sombra, un mendrugo a su lado. Un pinche satélite. ¿Te llevabas tanto con él?

—Acuérdate que soy doctora corazón… eso creen algunos —dijo Nuria y extendió el brazo con el caballito para el relleno.

—Dijimos que una. —Alejandra rellenó los tres caballitos.

—Salí con él algunas veces —confesó Nuria—. Era un seductor.

—¿Y Leonel? —preguntó Carla sorprendida.

—Estaba en momentos de duda, que si el compromiso, que si la relación debía ser abierta. Lo de Patricio acabó por juntarnos, vaya cosa.

Carla miró la escena consternada. ¿No había más hombres como para que se rolaran a los mismos? Le dio asco y miedo. Pensó de nuevo en que Inés se parecería a Joaquín.

—Hay que dejarlo atrás. —Alejandra tomó la mano de Carla—. El pasado es el pasado.

En el camino de regreso de la compra de las flores, Carla había contado la escena del auto frente a casa de Renata, como si destapara una olla de presión vieja que hubiera sido guardada justo en el momento de la ebullición.

Carla retiró la mano con brusquedad. Abominaba la lástima y, con la llegada de Inés, no había salida de emergencia. Estaba atrapada en esa quinta de campo, que además se llamaba Renata. ¿Cómo sería el momento de entrada de Inés? ¿Qué haría ella?

—Sí —dijo con ironía—, sobre todo hoy, que el pasado se vuelve presente.

36

Alejandra buscó el refugio penumbroso de su habitación antes de la cena. ¿Por qué les había contado que detrás de la apariencia de normalidad en su casa había un tormento: que su madre había sido alcohólica? La botella de tequila destinada para la cena celebratoria que sería en unas horas iba por la mitad. Carla había extendido su mano delgada y blanca, casi inocente, para servirse una más cuando Alejandra le arrebató la botella. «Ni una más». Las palabras retumbaban en su cabeza. «Ni una más». Su madre le contó que había tomado esa decisión cuando entró a alcohólicos anónimos, pero ella ya vivía en Portugal y sus hermanos fueron muy discretos o no lo supieron. ¿Y su padre? ¿Qué papel desempeñó en todo eso? ¿Por qué no la acompañó a la celebración de los cinco años de estar sobria? Fue ella su compañía durante una de las vacaciones que pasó en México.

Carla había dejado de insistir con la botella, pero cuando Alejandra la abrió para llenarle el caballito, puso la mano, atajándola.

—Cuando llegué a Portugal no probaba ni el vino. Esteban insistía. Fue poco a poco que me atreví a acompañar la cena con tinto. Tenía miedo de irme lejos. Esa era la sensación cuando entraba al cuarto de mi madre en aquellas ausencias repetidas en la mesa. Estaba lejos, y cuando la veíamos más tarde en la cena, frente a la televisión, y le contaba algo, mamá no respondía, parecía estar absorta en aquel programa de gente que cantaba o en *Hechizada*, que no nos la perdíamos. *Patty Duke*. «Mamá, me gusta su corte de pelo», le decía. A veces solo respondía con una afirmación lejana y total desinterés.

»Pero la acompañé aquel día en que iba muy arreglada a su aniversario. Yo no sabía de qué se trataban esas reuniones. Los asistentes eran una mezcla curiosa, mi madre la más elegante, pero había una mujer de mi edad y otra muy jovencita y un carpintero y un contador y un estudiante. Y todos ellos se saludaban con mucha alegría de encontrarse y me estrechaban la mano dándome la bienvenida, diciéndome que me sentara y yo estaba nerviosa, pero veía a mi madre convertida en otra, sonriente, segura.

»Mi madre nunca pareció opinar en casa y, sin embargo, cuando pasó al estrado, dio su nombre y dijo que llevaba cinco años de no beber. Y agradeció a todos su apoyo, y dijo que yo estaba ahí acompañándola, que vivía en Portugal y que yo, la mayor de mis hermanos, había aguantado en silencio su falta de interés, sus encierros, sus malestares. Que me quería pedir perdón porque ya se había perdonado ella misma. Ya no se le caía el pelo, ya podía aguantar que su marido bebiera cubas, ya podía ponerse perfume sin sentir la tentación de probarlo. Era una mujer fuerte. Y no lo sabía. Estaba luchando contra el enemigo. Y el enemigo estaba a raya. Había nacido otra vez para ella, no para esperar el momento de abrir la botella y esconderla vacía.

La voz de Alejandra se quebró por lo que había pasado en aquel aniversario: su madre hablaba como una reina sin tapujos sobre su flaqueza, sobre su infierno, y ella sentía el dolor de su enfermedad y lloraba de admiración y quería esconderlo y solo aplaudir como los demás, pero se deshacía en llanto. Tan ajena ella al sufrimiento. Y, entonces, su madre se acercó y la abrazó, como si Alejandra entrara temerosa a la habitación donde se encerraba y preguntara de nuevo si estaba bien. «Estoy bien, hija, estoy muy bien».

Se había deshojado frente a sus amigas exponiendo su corazón, el secreto más íntimo y el que ahora que lo compartía le producía veneración por su madre. Admiró a esa señora guapa y en control, usando la palabra con sinceridad frente a un grupo impensable de tener en casa, que eran sus más fieles aliados. Su madre ya no era anónima, tenía las riendas del problema en sus manos.

—Siempre he tenido miedo de que me pase lo mismo.

—Ya no te ocurrió, amiga —le dijo Nuria.

Cuando regresó a Portugal de aquel viaje, su madre le hizo falta cada día. Y en cada momento de titubeo evocaba su entereza.

—He aguantado la distancia —se aseguró a sí misma.

Su madre le prometió venir a verla, pero algo siempre la retenía. O era el dinero para el viaje, a pesar de que la hija le ofreció pagar el avión, o era: «Tu hermano que está en problemas» o «Cómo voy a dejar a tu padre solo». Luego sospechó que no podía dejar de ir a sus juntas semanales: eran su red de salvación. Y dejó de insistir. Para su muerte llegó un día después; fue de manera afortunada, en el sueño, cara plácida; la besó con el ataúd abierto para sentirla viva y suya por los últimos segundos en que pudo contemplarla.

Dijo que descansaría un rato para no tener los ojos hinchados, mientras Nuria acababa los arreglos, y Carla, la colocación de la mesa y sus rótulos. Quería replegarse con su secreto expuesto, con aquella carne tierna volcada, con la ausencia de su madre que la venía a aguijonear en ese sesenta aniversario de su nacimiento.

No habría pasado ni una hora cuando las escuchó entrar, algo olía muy bien. Traían un té de azahar para que se lo bebiera y habían preparado una mascarilla de clara de huevo que se pondrían todas en la cara. Primero las atajó vulnerada.

—No necesito nada. —Se defendió.

—Pero nosotras sí —dijo Carla y se dejó caer en la cama como en los viejos tiempos. Nuria se buscó un espacio, atravesada a los pies del colchón, con la cara ya untada de aquel menjurje que les daría un cutis estupendo para la ocasión, aseguró la nutrióloga mientras dejó que Keith Jarrett las acompañara desde el celular.

A los veinte minutos sonó el despertador para que despejaran lo que les restiraba la piel del rostro y se pusieran en acción.

Mientras repasaba el arreglo colorido de flores que salpicaban la sala, el comedor y la mesa grande del emparrado, lo impecable de la mesa que solo esperaba viandas y comensales, Alejandra cayó en la cuenta de la hora que era y de que faltaba algo.

—Voy por el pan mientras se arreglan —dijo con paso decidido rumbo al coche de João.

Pero sus amigas se unieron. Ya no necesitaba de su consuelo, pensó que exageraban. Aunque, cuando tomaba la carretera en aquel silencio espeso y caluroso del día, se dio cuenta de la verdadera razón por la que estaban las tres en el coche. ¿Cómo iban a sentirse frente a la llegada de Inés? Era mejor llegar después que estar esperando.

37

João ya estaba en casa cuando regresaron. Alejandra le dijo que se sirviera algo y le entregó el pan para que lo rebanara. Esteban había llamado corroborando que acababan de pasar Vila de Frades. A los minutos entraron Nuria, de negro bordado, y Carla, con el vestido rojo de lino. Alejandra salió de su recámara, ataviada de blanco con el collar turquesa vivo en el pecho, en una sincronía que parecía ensayada. Las tres caminaron hacia João que, desde la sala, se puso de pie para mirarlas.

—Parece que salieron de una película.

—Pero antigua. —Se burló Nuria.

Con su atavío parecían haber recuperado la confianza en la felicidad de la noche, porque a eso habían venido: a celebrar los sesenta años de Alejandra que, en realidad, eran los de todas. Carla volvió a decidir que João era un hombre muy guapo y dulce, un hombre para tener hijos, cuando hubo que tenerlos. Alejandra dejó que la abrazara y la felicitara mientras le entregaba una caja pequeña que abriría más tarde.

—Guapas, como en esta foto. —Señaló la que Alejandra había regresado al mueble, junto al arreglo de flores granate con ramas de naranjo de Nuria.

Le contaron que vendría la hija de la ausente y decidieron ponerlo al tanto de la historia. Como si las palabras aliviaran el tormento, y sin querer salir aún al emparrado, porque en cualquier momento aparecerían Inés y Esteban, expulsaron sus miedos francos. Ahora que había un ajeno a la historia, Nuria podía contarle que la asaltaba la imagen de una cuna y un bebé respirando el escaso aire bajo una losa. Carla hablaba del llanto que debió cansarla, secarla, adormecer el hambre. ¿Cuántos días después la encontraron? Y ellas sin tener idea de que había un bebé en la vida de Renata. Alejandra, con los platos de la botana en las manos, quiso despejar los escombros que sus amigas habían convocado y las hizo salir a la terraza.

—Vinieron a festejarme.

—Ahora sé por qué cambiaste el nombre de la quinta —dijo João.

Sonrieron ante la esmerada caligrafía de Carla en los cartoncitos que indicaban el lugar de cada uno. Alejandra iba a servir el agua con gajos de limón, a la que el calor de la tarde invitaba, cuando el sonido del coche por el camino los alertó. Podían ir al garaje a recibirlos; Nuria y Carla miraron a su anfitriona esperando la señal, pero ella no se movió. João se unió al compás de espera. Esteban fue el primero que apareció tras la puerta que mantenían cerrada para evitar la entrada de los moscos a la casa.

—¿Qué pasó con Inés? —preguntó Alejandra alarmada.

—Felicidades, amor. —Esteban la abrazó, al tiempo que le entregaba una caja delicada.

Pero Alejandra no podía tomarla, se quedó en punto muerto. Esteban iba a explicar algo cuando la puerta se abanicó de nuevo y apareció la chica delgada, de pelo corto ondulado, de pómulos marcados, de boca carnosa, ojos oscuros y gesto perplejo.

Nuria y Carla se pusieron de pie y Alejandra la saludó:

—Bienvenida, Inés.

Las tres enmudecieron, mientras Inés decía algo parecido a un gracias e intentaba abrazar a Alejandra. Lo que contemplaban era a Renata, la soltura, la voz seca.

Nuria, también, se precipitó al abrazo y Carla se quedó ahí junto a João, le tomó la mano como si necesitara una agarradera. João la aceptó y la apretó. Él había visto la foto y comprendía. Lo que no podía alcanzar a ver con ese apretón de manos era que Carla no solo veía a Renata, sino que rastreaba las huellas del padre. Sin embargo, mientras le soltaba la mano y caminaba hacia la chica, algo se iba desprendiendo de ella, como si la piel vieja, con duras escamas, se cayera y fuera llevada por el viento.

—Soy Carla. —La abrazó mucho más fuerte de lo que la chica esperaba, porque sus manos apenas rozaron la espalda de esa mujer.

Sentarse a la mesa, saber del viaje, empezar a beber el *branco* con las botanas, aunque aún había tequila por si alguien quería. Luego el tinto con la bullabesa o más *branco*, luego la ternera con papas que había traído Esteban de casa, acompañada de espárragos, y terminar con el oporto del 55. Todo aquello levantó las losas y el temor a mirar las facciones de la chica. Su voz despejó el cascajo mientras ella contaba, respondía a sus curiosidades colocada en la mañana del 19 de septiembre de 1985: ¿cómo sobrevivió?, ¿cuántos días?, ¿quién la crio? Le miraban las manos, que eran fuertes como las de Renata ahí tendida aquella mañana, exangüe, pero por suerte la bebé no estaba, les confirmó. Bebieron más, el alivio era necesario, no había tenido que batirse en la soledad ni el hambre, de cara a la muerte, para que su memoria más antigua guardara el sonido sordo del derrumbe y el traqueteo de trascabos y picos y palas ansiosos de hallar rastros de vida.

Carla había vuelto a tomar la mano de João porque no había respetado el cartoncito rotulado por ella y se había sentado frente a la chica. Ahora se daba cuenta de que intentar descubrir las huellas de Joaquín en aquel rostro le producía más consuelo que ira. Después observó con más detenimiento y comprobó que el parecido con su exmarido era una ilusión primera. Si acaso, había algo de Patricio, aunque ¿quién se acordaba bien de él?

Nuria pensaba en su nieta, la pequeña Carmen, movida por la historia de Inés, deseando que nunca le faltara su madre, su rebelde Milena, de la misma edad que Inés, de la misma edad que Renata muerta. Había ido a la calle del derrumbe al día siguiente, después de las noticias del daño en esa colonia, como si anticipara la respuesta a las infinitas llamadas que había hecho a Renata, pero no pudo entrar a la zona acordonada. El movimiento duro y largo de la zona donde vivía no había presagiado el desastre en otras partes de la ciudad. Luego se sintió ridícula, absurda y profana con esas llamadas que aún creían en la posibilidad de la fiesta. Pensó en el timbre del teléfono agonizando entre los escombros. Ahora que había una criatura, sintió que no había sabido leer a su amiga cuando canceló la cita para el aborto. La dejó sola.

Alejandra insistió en que Inés contara su historia. Su rostro parecía iluminado por una suave paz, João la contemplaba a través de la mesa con cierto embeleso, tratando de descifrar lo que estaba ocurriendo en esa mesa celebratoria. Bajo ese sol lusitano y en la terraza de su casa, Alejandra estaba junto al hombre que amaba y frente al amigo que era compañía sólida, compartiendo con sus amigas que eran parte imprescindible de su historia. Pero también estaba con Renata, su amiga, la miraba en el rostro de Inés, en su voz, en su apostura y delgadez, los senos casi invisibles, el reloj en la mano izquierda, una ristra de aretes en una oreja, la otra cubierta por el mechón que caía de lado. Ese era su regalo.

Inés recalcó, con una voz que había perdido su soltura inicial, que ella tampoco sabía que Renata era su madre. La foto que vio en Facebook fue la culpable, la foto donde estaban las cuatro, porque hasta entonces vivía con su madre, bueno, la que pensaba que era su verdadera madre, apuntó incómoda, pues su padre había muerto hacía algunos años, eran padres mayores que los de sus amigas. Su madre era profesora de inglés en la misma escuela donde ella estudió, su padre había trabajado en ventas médicas toda la vida. Era cierto que no se parecía casi nada a ellos, pero los gestos se aprenden y ella calcaba algo de cada uno. Su madre era muy alta y de pelo oscuro, de origen libanés. Su padre había sido rubio, más bien robusto y más bajo que su madre en tacones. Sonrió como si recordara alguna estampa. Esteban llenó de nuevo la copa de la joven, que había hecho un alto. Contenida como Renata, las tres amigas comprobaron que la emoción se mantenía a raya.

La foto que le enseñó a su madre obligó a que le explicara: era tan parecida a una de esas cuatro mujeres que no pudo ocultarle su origen. Sus padres decidieron adoptar, pues no habían podido tener hijos, pero su edad dificultaba el trámite, aunque tenían los recursos económicos. El sismo les ayudó. Había huérfanos recientes y la necesidad de colocarlos lo antes posible. «Huérfanos frescos», dijo Inés con un sarcasmo que no sorprendió a las amigas. Sus padres adoptivos quisieron saber la procedencia de aquella criatura de cuatro meses que ya tenía un nombre. «Nací Inés», las increpó. Los apellidos no podían revelarse, se destruían para evitar cualquier reclamo legal futuro.

—Aparecía como sobreviviente del temblor y mi padre, me reveló mi madre, temía que yo tuviera algún daño físico por los días bajo el derrumbe. De ser así no hubiera aceptado mi adopción.

En el orfanato les dijeron que no había de qué preocuparse, que una conocida de la madre tenía a su cargo a la pequeña por dos días. Ampliaron la información, quizás de manera involuntaria o para convencerlos de que se la quedaran: la madre preparaba su festejo de treinta años, iba a ser ese jueves. Pero ahora que la madre había muerto, la amiga no podía hacerse cargo y no sabía a quién buscar. Ellos intentaron ubicar a alguien, pero eran días de caos.

—De muertos y vivos no reclamados —recalcó.

Cuando su madre le contó, un alud de preguntas se le vino encima. Primero estuvo enojada y no quiso hablarle. ¿Cómo es que le había ocultado la verdad? Quería saber los nombres de su madre y su padre, en qué edificio habían vivido. No fue sino hasta que buscó a quien había subido la foto en redes, que era pariente del jefe de su *roomie*, que armó el rompecabezas y empezó a sentir el dolor de su madre, la verdadera, la muerta. Joaquín aceptó su solicitud de amistad cuando ella escribió: «Creo que me parezco a una de las cuatro amigas de la foto que publicaste». Y aceptó verla cuando le dijo que su madre había muerto en el terremoto.

—Entonces supe su nombre, que era actriz y que había sido muy amiga de las tres. Y que Joaquín tenía la foto porque había estado casado con Carla. Sospeché que alguna de ustedes me había entregado al orfanatorio, que me había depositado como huérfana fresca.

Las amigas se miraron desarmadas, culpables de que así hubiese sido y deseosas, a la vez, de haber tenido que tomar alguna decisión. En realidad, no sabían mucho de la vida de Renata aquel año de su muerte.

—Nosotros íbamos a ir al cumpleaños —dijo Nuria—, pero no habíamos visto a tu madre durante el último año, salvo para los preparativos del festejo. No sabíamos de ti.

—Tal vez era una amiga del teatro que también tenía algún hijo pequeño —dijo Carla.

—Joaquín me dijo que si él hubiera sabido de mí… —Los labios de Inés se curvaron marcadamente hacia abajo, subió una mano que enredó en el mechón caído y se despejó el rostro.

Nuria y Carla cruzaron miradas: no había rastros del exmarido de Carla en aquella chica.

—Éramos muy amigas —aclaró Alejandra—, pero yo ya no vivía en México cuando sucedió el temblor.

—Por eso el vino es Quinta Renata —dijo Esteban, que había participado poco en la conversación, pero que no paraba de tenerlos atendidos.

Inés no había reparado en ello, seguramente, porque miró la botella con sorpresa y sus facciones parecieron descolocarse.

—Muy amigas y nadie sabía de mí —agregó llena de resentimiento—. ¿Y mis abuelos?, ¿no había nadie más?

Alejandra pensó en la carta que nunca contestó y buscó una salida rápida, un pretexto que atenuara el terremoto que las estaba alcanzando.

—Quiero brindar por ustedes que están aquí conmigo. Por Renata que hoy festejaría su cumpleaños también y que me ha regalado la visita de Inés.

Como si no hubiera escuchado el llamado a brindar, Carla quiso disculparse por la distancia, por sus celos, por el abandono de Joaquín que le había cobrado a Renata:

—Después del temblor, los días estuvieron llenos de polvo, de confusión.

—De muerte —agregó Inés.

—Tú sobreviviste. —Nuria intentó suavizar su propio desapego de aquel tiempo. En realidad, las palabras de Inés llevaban razón: estaba muerta para todos porque nadie sabía que existía.

Las tres la miraron arrobadas porque resultaba una réplica de su madre, en su volubilidad, en su vileza, tal vez.

—Salud —dijo Esteban llenando las copas.

Una sombra se interpuso entre el brillo de la luna y el cristal manchado de vino de las copas. Alejandra pareció notarla porque buscó a sus espaldas, entre los rosales secos del jardín, la evidencia de alguien más.

—La persona que te entregó al orfanatorio no tenía a quién acudir porque tus abuelos murieron cuando Renata era una niña. Nosotros no los conocimos —mintió Alejandra sin que las demás chistaran.

A su manera, cada una pensaba que tenía el deber de reconstruirle un pasado digno. Sí, le contarían sobre Renata, se guardarían lo que no les gustaba, no hablarían de su abuelo, ni del silencio de su abuela rusa, no le contarían de la traición, ni del aborto que no fue, le harían un retrato que la sacara de la humillación de morir aplastada para que continuara su memoria limpia entre los vivos. Una memoria idealizada que también a ellas les acomodaba mejor.

Alejandra sonrió pensando que podría redimirse y ofrecer a Inés otra casa para que viniera siempre, a vivir si quisiera, a convivir con sus hijastros, o que cuando ella misma tuviera hijos, le permitiera ser abuela.

Nuria pensó en invitarla a Ensenada, mirar el mar era bueno, sus hijos estarían felices de tener una nueva prima y Carmen tendría otra tía. Ella y Renata compartían la maternidad y eso le daba un nuevo acercamiento a la amiga ausente.

Carla pensó en que quería un abrazo de Joaquín: lo extrañaba. Extrañaba amar.

Mientras ellas hacían castillos en el aire porque tenían a Renata de regreso, una versión detenida en el tiempo que las rejuvenecía y las hacía eternas, olvidaron preguntarle a Inés dónde vivía, a qué se dedicaba, qué pensaba hacer con su vida.

Como uno de esos muñecos a los que sostiene el aire para que papaloteen frente a los negocios y llamen la atención y luego son solo plásticos coloridos sobre el piso, Inés se había desinflado. Carla notó la oscuridad de su mirada mientras la chica repasaba con el dedo la etiqueta en la botella de vino: Quinta Renata. Luego dijo que se retiraría a dormir. Esteban la acompañó a la habitación de los chicos.

—Los mismos cambios que su madre. —Alejandra sonrió y, como si fuera necesario dar una explicación a sus amigas por la presencia de Inés, agregó—: Era necesario acomodar el pasado.

Alejandra echó a andar la música largamente preparada para el momento, y con *Bye bye Miss American Pie* coloreando la terraza, las tres se dispusieron a bailar.

João, ajeno a la maraña del pasado, dijo que al día siguiente tendrían que tomar una foto como la que estaba en la repisa con Inés. La de las cuatro amigas. Ninguno se percató de que el retrato seguía ahí en el marco, pero Renata ya no estaba, había sido arrancada.

Agradecimientos

Esta novela no habría podido ser escrita sin la hospitalidad de Patricia Lozano y Pedro Luiz de Castro en la Quinta das Ratoeiras en Vidigueira, Portugal (http://quintadasratoeiras.pt), cuya generosidad se extendió a todas las preguntas que mi amiga Patricia respondía sobre la zona, los vinos, la vegetación, etcétera.

Requirió de la complicidad de Guadalupe Quintana (a quien debo una novela antecesora sobre la amistad y el viaje: *Cambio de vías*), Guadalupe González y Ana Hilda Galindo (†). Sirvan estas palabras como un homenaje al valor de la amistad y la belleza de la vida. A la intención, no exenta de soberbia, de detener el tiempo y devolver las ausencias. En la residencia de artistas The Hermitage en Englewood, Florida, entre el mar y el manglar, arranqué esta novela.

José Luis Perujo me dio a conocer el canto alentejano (muy parecido al cardenche del desierto mexicano) que se canta en Cuba, Portugal.

La lectura de Jorge Prior nutrió la novela con su mirada y sus comentarios. Fernanda Reyes Retana me devolvió con su lectura otras reflexiones y detalles. Dorothy Potter Snyder, mi traductora al inglés, hizo una radiografía motivadora del primer capítulo que me animó al viaje de la escritura. Emilia Perujo me dio algunas ideas.

Gabriel Sandoval sembró la inquietud de hacer de mi viaje a Portugal una novela. Carmina Rufrancos y Paola Gómez, mis editoras, dedicaron su tiempo y experiencia para que *Todo sobre nosotras* sea una aventura compartible.